영문과 함께하는
1일 1편
셜록 홈즈
365

영문과 함께하는

1일 1편
셜록 홈즈
365

아서 코난 도일 원저

레비 스탈, 스테이시 신타니 편집 | 마이클 심스 추천

신예용 옮김

알파미디어

건물 꼭대기에 걸린 누르스름한 베일

내 방문 바로 앞에는 커다란 책장이 있고, 책장에는 내가 어린 시절과 10대에 즐겨 읽었던 책들이 학창 시절 단체 사진이라도 찍는 듯 자리를 잡고 나란히 서 있다. 이쪽에는 흑백으로 된 1960년대의 '디즈니의 놀라운 컬러 세계Disney's Wonderful World of Colo' 프로그램을 보면서 읽었던 디즈니의 초창기 책들이 있다. 이쪽에는 나의 하플링(다양한 판타지 소설이나 게임에 등장하는 가공의 종족- 옮긴이)들인 빅 리틀 북 시리즈가 웅크리고 있는데, 지진이 일어나면서 얼어붙은 매머드가 튀어나오는 《명견 래시: 알래스카의 모험Lassie: Adventure in Alaska》과 같은 장대한 서사시가 장마다 화려한 그림과 함께 펼쳐진다.

그리고 탐정 소설 코너가 나온다. 과학 탐정 브라운Encyclopedia Brown 시리즈는 빨간 하모니카와 아이다빌 시의 악당이 등장하는 책으로 버젓이 책장의 4분의 1을 차지하고 있다. 내가 무척 아끼는 하디 보이즈 시리즈 중 한 권인 《모자 쓴 매The Hooded Hawk Mystery》는 이제는 다 낡고 해졌지만 아직 똑바로 서 있다. 스콜라스틱 페이퍼백 사이에 무도회장으로 잘못 들어온 뚱뚱한 학자처럼 《문학적 관점Outlooks through Literature》이라는 책이 서 있다. 이 책은 〈얼룩 띠의 비밀The Adventure of the Speckled Band〉을 비롯한 〈1부: 단편선〉으로 시작한다. 기절하기 직전인 여성이 화려한 색상의 몽타주로 그려져 있다. 그림 옆에 "무서워서 그래요, 홈즈 선생님. 너무 겁이 나서요."라는 인용문 전체가 실려 있는데, '그녀가 말한 내용이 걸출한 탐정 셜록 홈즈가 즉시 조사를 시작해서 빠른 추리와 탁월한 해결책을 준비하기에 충분했다'는 것을 예감하게 한다.

13살에 이 글귀를 처음 접하고 책을 집어 들었다가 금세 드라마 '월튼네 사람들The Waltons'로 돌아선 사람이 있을지도 모르지만, 솔직히 그런 사람이 있을까 싶다. 적어도 나는 그럴 수 없었다. 그때가 책 속에 등장한 셜록 홈즈와 처음 만난 순간이었을 것이다. 이 이야기는 나니아로 들어가는 옷장이었고, 오즈의 세계로 빨려 들어가게 한 태풍과도 같았다. 아서 코난 도일은 자신의 어린 시절을 회상하며 〈습작Juvenilia〉이라는 에세이에 이렇게 적었다. '상상력이 풍부한 소년이 짧은 여가 시간을 틈타 책을 들고 구석으로 숨어들었을 때, 앞으로 한 시간은 마음껏 책을 볼 수 있다는 사실을 알았을 때 느끼는 것처럼 충만한 기쁨은 세상에 없으리라 생각한다.' 코난 도일이 세상을 떠난 지 거의 100년이 지나는 동안 수없이 많은 사람이 그가 쓴 책 속으로 파고들었다는 사실을 안다면 그는 흐뭇해할 것이다. 셜록 홈즈를 처음 만났을 때, 나는 소아 류머티즘성 관절염 때문에 휠체어에 앉아 있었다. 그로부터 40년 뒤, 나는 현실 도피형 소설의 약효를 입증하는 걸어 다니는 증거가 되었다.《영문과 함께하는 1일 1편 셜록 홈즈 365The Daily Sherlock Holmes》에 실린 생생한 이야기 속에서 스테이시 신타니와 레비 스탈은 이른바 셜록 마니아가 고전이라고 부를 만한 작품을 다시 선보인다. 그들이 재현해 내는 대화와 행동의 분위기와 장면은 내 십 대 시절 셜록 홈즈와 한 연애담과 그에게 보낸 연애편지의 추억을 고스란히 떠올리게 한다. 두 사람은 심지어 교육적인 주제의 인용문 시리즈를 선보이기도 한다. 이를테면 홈즈와 그의 형 마이크로프트의 라이벌 관계, 바이올린에 대한 홈즈의 취향 같은 것 말이다. 이들은 홈즈의 추격담은 물론이거니와 목격자와 다른 형사까지 심문하는 영리한 수사 기법, 권위에 대한 문제의식에도 주목한다. 1월 1일부터 홈즈의 성격이 고스란히 드러난다. 결국 우리를 홈즈의 사건에 빨려 들게 하는 것은 그의 비범한 정신세계인 것이다.

셜록 홈즈 단편에서 접할 수 있는 빅토리아 시대 산문의 음악적인 운율도 좋지만, 나는 대화문을 가장 좋아한다. 21세기 미국식 영어와 19세기 영국식 영어의 차이점을 느낄 때면 나 자신의 언어가 무엇인지 되돌아보기도 한다. 잠복근무를 하는 시간에 어떻게 해야 하는지 질문을 받자 홈즈는 이렇게 대답한다. "참을성 있게 기다려야죠. 아무 소리도 내지 않도록 조심해야 하고요." 위험한 외출을 앞둔 상황에서는 권총과 칫솔을 챙기라고 조언한다. 다른 작품에서 그는 이렇게 중얼거린다. "장담하건대 평범한 것만큼 부자연스러운 것도 없지."《영문과 함께하는 1일 1편 셜록 홈즈 365 The Daily Sherlock Holmes》에는 다음 인용문에서도 엿볼 수 있는 영국적인 분위기가 다채롭게 펼쳐진다. "이건 경험에서 비롯된 확신인데, 런던의 지저분한 뒷골목에서보다 이렇게 한가롭고 아름다운 시골에서 훨씬 더 끔찍한 범죄가 일어나는 법일세, 왓슨."

무엇보다 매력적인 대목은 홈즈와 왓슨이 주고받는 대화다. "내 생각에는, 왓슨……." 홈즈가 이렇게 말문을 열면 우리는 신이 난다. 탐정과 의사는 열정적인 달변가이자 사려 깊은 경청자다. 그들은 장황하게 자기 말만을 늘어놓지 않는다. 서로의 이야기에 성심성의껏 반응한다.

대화를 통해 인물의 성격을 표현하는 능력이 탁월한 코난 도일은 대화문으로 난해한 플롯의 세부 사항을 전달할 뿐 아니라 홈즈와 왓슨이 유쾌하게 힘을 합쳐 사건을 해결하는 모습을 지켜보게 한다. 홈즈는 베이커 스트리트에서 왓슨의 속내를 꿰뚫어 보며 말한다. "인간의 이목구비는 감정을 드러내는 수단일세. 자네의 이목구비는 충실한 하인 같지." 그런가 하면 홈즈는 왓슨에게 자신이 제안한 계획을 따를 것인지 묻기도 한다.

"자네가 뻔뻔하게 이런 일을 할 수 있겠나?"

"노력하는 수밖에."

"아주 좋아, 왓슨! 부지런한 꿀벌 이야기와 '더 높이'라는 구호를 합친 것 같군. 노력하는 수밖에. 이게 우리의 좌우명일세."

왓슨은 시리즈 초반에 홈즈의 의뢰인 메리 모스턴과 결혼하지만, 두 사람은 그 뒤로도 오랫동안 돈독한 사이를 유지하며 함께 일한다. 왓슨은 언제나 우리의 주인공을 도울 준비가 되어 있다. 홈즈는 자신의 전기 작가 보스웰 역할을 하는 왓슨이 필요하다는 사실을 인정할 뿐 아니라, 왓슨에게 소홀할 때면 사과를 하기도 한다. 영화 속 왓슨의 모습에만 익숙한 사람은 왓슨을 성실하고 우둔한 사람이라고 생각할 수도 있지만, 이 책의 편집자들은 왓슨의 결단력과 더불어 홈즈의 약점과 허영심에 대한 그의 통찰력 있는 평가 또한 강조한다.

이 책은 대화뿐 아니라 코난 도일의 서사적인 재능도 두루 살펴볼 수 있게 한다. 코난 도일의 추격 신은 전설적이다. 그는 비극적인 운명의 도입부에서는 멋진 첼로 연주를 선보인다. '8월 2일 밤 9시 정각, 역사상 가장 끔찍한 8월이었다. 타락한 세상에 이미 신의 저주가 내렸다고 생각할 사람도 있을 것이다. 후텁지근하게 고여 있는 대기 속에 무시무시한 정적과 희미한 기대감 같은 것이 깃들어 있었기 때문이다.' 《영문과 함께하는 1일 1편 셜록 홈즈 365 The Daily Sherlock Holmes》에서 가장 좋아하는 구절 하나를 꼽는 사람도 있겠지만, 나는 셜록 홈즈 특유의 영국적 정취가 책 전편에 낙엽처럼 꽂혀 있다는 느낌이 든다. 처음 셜록과 왓슨을 접한 뒤로 나는 지금까지도 그들이 자아내는 문학적이면서도 자연 과학적인 분위기에 흠뻑 빠져 있다. '자욱한 안개에 구름마저 잔뜩 낀 아침이었다. 진창이 된 거리의 색이 그대로 반사된 듯한 하늘은 건물 꼭대기에 걸린 누르스름한 베일 같았다.' 나는 홈즈와 왓슨이 핸섬 마차에 올라타 '혼잡한 런던 거리를 누빌 때'마다 기대감으로 마음이 벅차오른다. 직접 런던 거리를 방문했을 때도 이 오랜 유년의 향수는 잦아들지 않았다. 빅토리아 시대의 스모그가 폐와 지갑에 좋지 않은 영향을 끼친다는 사실도 알게 되었다. 홈즈가 원래 살던 곳이 현실 세계에서 존재하지 않는다는 사실은 중요하지 않다. 이것이 거대한 타임머신과도 같은 문학이 존재하는 이유다.

아서 코난 도일과 셜록 홈즈, 신타니와 스탈은 가끔 독자와 게임을 한다. 예를 들면 다음 장면은 홈즈의 이야기를 기반으로 하고 있지만 실제로 존재하지 않는다. 코난 도일의 팬들이 그가 실제로 썼으면 좋겠다고 생각할 만한 구절이다. 이런 장난기는 베이커 스트리트를 드문드문 찾아오는 손님들, 화환과 축배, 가벼운 학술적 발언에 홈즈를 치켜세우는 국제기관 같은 설정에 스며 있다. 나는 독자들이 이 책의 이곳저곳을 접어 두고, 호주머니에 넣었다가 큰 소리로 읽게 될 것이라고 장담한다.

1859년, 바람이 거센 에든버러의 골목길과 모퉁이 사이에서 태어난 코난 도일은 에드거 앨런 포와 같은 작가의 글을 읽으며 자랐다. 이 기괴한 미국 작가는 탐정 소설 몇 편을 썼는데, 그중 세 편에 점잔 빼는 프랑스 아마추어 탐정 오귀스트 뒤팽이 등장한다. 포는 독자에게 뒤팽은 분석 능력이 탁월하다고 말하지만 이에 대한 증거는 거의 제시하지 않는다.

1886년, 스물일곱 살인 신출내기 의학 박사 아서 코난 도일은 당시의 관행을 따라 몇 년 동안 익명으로 짧은 소설들을 출간한 뒤 탐정 소설을 쓰고 싶다는 욕망에 사로잡힌다. 그는 에든버러대학 의과대학에서 저명하던 전문의 조셉 벨을 떠올린다. 이 훌륭한 의사는 뛰어난 탐정을 창조하는 데 영감을 주었다. 의사 본인도 대단히 관찰력이 뛰어났다. 포가 뒤팽을 묘사하는 방식과는 달리 도일은 자신이 창조한 주인공의 탁월함을 입증하는 증거를 끊임없이 제공한다. 캐릭터의 모델이 의과 대학에서 날마다 어떻게 하는지 지켜보았기 때문이다. 다음에 나오는 (그의 기사 〈셜록 홈즈에 대한 진실The Truth about Sherlock Holmes〉에도 언급되는) 벨과 환자의 대화를 기록한 학생이 도일뿐만은 아니었을 것이다. 벨 교수는 환자의 자세와 옷차림, 피부색만 흘깃 보고도 환자의 이력을 알아차렸다.

"그럼 군대에서 복무했나요?"

"그렇습니다, 선생님."

"전역한 지 오래되진 않았고요?"

"네, 선생님."

"하이랜드 연대였나요?"

"네, 선생님."

"부사관이었군요."

"네, 선생님."

벨은 학생들에게 관찰과 추론에 관해 설명했을 것이고, 젊고 열성적인 코난 도일은 방대한 기록을 받아 적었을 것으로 보인다.

이 이야기 자체가 훌륭한 추리 소설이 아닐까? 1880년대 초반과 1890년대 초반 도일은 시간이 날 때마다 잉크병에 펜을 담그고 섬세하고 치밀한 작품을 써 내려갔다. 그는 우편함 속에 작품을 넣고, 병 속에 담긴 편지처럼 띄워 보냈다. 둘둘 말린 도일의 원고가 등장하는 영화 몽타주에서 출판업자들은 코난 도일의 이야기를 인쇄하여 자신들이 영웅의 부재에 시달리고 있다는 사실을 알지 못하던 대중에게 쏟아붓기 시작한다. 얼마 지나지 않아 엄마에게 보내는 편지에 도일이 이렇게 쓰는 날이 찾아왔다. '셜록 홈즈가 사람들을 사로잡은 것 같아요.'

1973년,《문학적 관점Outlooks through Literature》에서 〈얼룩 띠의 비밀The Adventure of the Speckled Band〉을 읽은 뒤에 나는 미스터리 길드라는 이름의 우편 주문 북 클럽에서 윌리엄 S. 바링 굴드의《주석 달린 셜록 홈즈Annotated Sherlock Holmes》라는 두툼한 책 두 권을 받았다. 이 책에는 주석 견본과,《문학적 관점Outlooks through Literature》에서 보았던 관련 기사가 실려 있다. 이 책에서 2륜 마차와 다크 랜턴에 대해 배우기도 했다. 책에서 접한 주석 덕분에 나에게 무궁무진한 연구와 분석의 장이 열렸다. 핸섬 마차의 일러스트, 〈얼룩 띠의 비밀The Adventure of the Speckled Band〉에 등장하는 극악무도한 뱀, 여러 일러스트레이터의 약력까지. 책을 받은 날, 나는 결국 밤을 꼬박 샜다.

내 유년기와 10대 시절의 보물이 빼곡한 책장을 살펴보다가 어느새 자연의 역사와 과학 서적을 읽을 때처럼 다시금 셜록 홈즈 시리즈를 파고들기 시작했다. 현실 세계에 지극한 관심을 쏟았던 셜록 홈즈의 모습은 우리에게 어지러운 사회의 인과 관계와 우리의 행동에서 비롯되어 외부로 뻗어 나가는 나비 효과를 되돌아보게 한다. 나는 여전히 홈즈의 통찰력을 숭배한다. 외투 주머니에서 끄집어낸 추론과, 마부의 장화와 담뱃재, 왓슨의 균일하지 않은 면도 상태에서 이끌어 낸 분석을. 유괴당한 소년을 추적하면서 자전거 타이어 자국을 확인하거나, 춥고 어두운 밤 우리가 발로 짓뭉갠 잔디밭을 과학자의 시선으로 뜯어보기 위해 바닥에 엎드린 홈즈를. 나는 베이커 스트리트 221번지에 있는 계단 열일곱 개를 지친 걸음으로 올라선다. 그리고 늦은 밤, 구름 모양의 파이프 담배 연기 속에서 홈즈와 왓슨 옆에 자리를 잡고 앉는다. 허드슨 부인이 장작불이 활활 타오르도록 불을 붙여 두었다. 불은 안개 속에 도사리는 위험에서 우리를 이끌어 주는 이성의 빛처럼 눈부시게 타오른다.

마이클 심스

서문

《영문과 함께하는 1일 1편 셜록 홈즈 365 The Daily Sherlock Holmes》에 수록될 이야기를 고르면서 우리는 잘 알려진 작품을 두루 싣는 동시에 유머와 액션, 대화와 묘사를 적절히 배합하려고 애썼다.

셜록 시리즈의 오랜 팬들이 사랑해 마지않는 사건과 인물을 다시 만났다는 반가움을 느끼면서 이 고전을 통해 잊힌 보석들을 찾아낼 수 있기를 바랐다.

관찰력이 뛰어난(관찰력이 뛰어나지 않다면 셜록 홈즈를 좋아하겠는가?) 독자는 마지막 아홉 편 중에서는 단 한 편도 실리지 않았다는 사실을 알아차렸을 것이다. 이는 아직 판권이 살아 있기 때문이다. 홈즈는 더 큰 목적을 위해서라면 법을 어겨도 양심의 가책을 느끼지 않을 수도 있겠지만 우리는 법을 지켜야겠다고 생각했다.

원문의 정확성보다 매끄럽게 읽히는 것이 더 중요하다고 생각해서 필요한 경우에는 표기 방식을 바꾸거나 마침 부호를 추가하기도 했다.

우리가 고른 이야기 중 한 편을 제외하고는 모두 존 왓슨의 관점에서 서술되었기 때문에 인용 부호가 없는 1인칭 서사는 모두 왓슨이라고 생각하면 된다. 또한 다른 사람이라고 명백하게 언급된 몇 사례를 제외하고는 인용 부호 안에 따로 표시가 없는 단독 화자는 홈즈로 보아도 무방하다. 홈즈의 독백은 개성이 뚜렷하기 때문에 독자는 그의 목소리를 쉽게 알아들을 수 있다.

자 이제 세상에서 가장 위대한 탐정의 말을 빌려 볼까 한다. 우리의 방식이 어떤지는 여러분도 알 것이다(이 대사는 〈보스콤 계곡의 비밀〉에 등장한다. 어떻게 사건을 해결했느냐는 왓슨의 질문에 "자네도 내 방식을 알잖아."라고 홈즈가 대답한다. - 옮긴이). 부디 즐거운 독서가 되길 바란다.

스테이시 신타니, 레비 스탈

JANUARY

1월

1월

16   "왓슨, 자네도 나처럼 단조롭고 틀에 박힌 일상에서 벗어난 기이한 일을 좋아하잖나. 내가 맡았던 사건들을 기록하는 데 그렇게 열심인 것만 봐도 알 수 있지. 이렇게 말해도 될지 모르겠지만 자네는 수많은 내 작은 모험담을 아름답게 꾸며 주었어."

빨간 머리 연맹(1891)

JANUARY

"I know, my dear Watson, that you share my love of all that is bizarre and outside the conventions and humdrum routine of everyday life. You have shown your relish for it by the enthusiasm which has prompted you to chronicle, and, if you will excuse my saying so, somewhat to embellish so many of my own little adventures."

The Red-Headed League(1891)

1월 1일 **주홍색 연구**(1887)

"왓슨 박사님, 이쪽은 셜록 홈즈 씨입니다." 스탬퍼드가 우리 두 사람을 소개시켜 주었다.

"안녕하십니까? 아프가니스탄에 계시다 왔군요." 그가 친근하게 인사를 건네며 내 손을 꼭 쥐었는데 보기보다 손아귀 힘이 꽤 셌다.

"도대체 그걸 어떻게 아신 겁니까?" 나는 깜짝 놀라며 물었다.

"아, 별것 아닙니다." 그는 장난스럽게 웃으며 말했다.

JANUARY 1 **A Study in Scarlet**(1887)

"Dr. Watson, Mr. Sherlock Holmes," said Stamford, introducing us.

"How are you?" he said cordially, gripping my hand with a strength for which I should hardly have given him credit. "You have been in Afghanistan, I perceive."

"How on earth did you know that?" I asked in astonishment.

"Never mind," said he, chuckling to himself.

1월 2일 **애비 그레인지 저택**(1904)

1897년 겨울의 끝자락, 매섭도록 추운 밤이 지나고 서리가 내리는 아침이었다. 나는 누군가 어깨를 잡아당기는 바람에 잠에서 깨었다. 홈즈였다. 손에 양초를 들고 나를 내려다보는 표정이 무척 심각해 보였다. 나는 단번에 뭔가 잘못됐다는 것을 알아차렸다.

"일어나게, 왓슨! 얼른! 게임이 시작됐어. 설명은 천천히 하겠네. 빨리 옷 갈아입고 나와!" 홈즈가 외쳤다.

JANUARY 2 **The Adventure of the Abbey Grange**(1904)

It was on a bitterly cold night and frosty morning, towards the end of the winter of '97, that I was awakened by a tugging at my shoulder. It was Holmes. The candle in his hand shone upon his eager, stooping face, and told me at a glance that something was amiss.

"Come, Watson, come!" he cried. "The game is afoot. Not a word! Into your clothes and come!"

1월 3일 **네 개의 서명**(1890)

"내 정신은 가만히 있는 걸 못 견디지. 내게 문제를 던져 주게. 할 일을
달라고. 가장 난해한 암호도 좋고, 가장 복잡한 분석 과제도 좋아. 그럼
본래의 모습으로 돌아갈 테니까. 그땐 이런 인위적인 자극제 같은 건
없어도 돼. 하지만 지루한 일상이 반복되는 건 참을 수가 없네. 난 내 정
신이 고양되길 원해. 그래서 나만의 특별한 직업을 선택한 거야. 아니,
실은 내가 만든 거지. 이 일을 하는 사람은 세상에 나밖에 없으니까."
"세상에 단 하나뿐인 사설탐정 말인가?" 나는 눈썹을 치켜뜨며 말했다.
"세상에 단 하나뿐인 사설 '자문' 탐정이지. 난 범죄 수사계의 대법원
이자 최종심이야." 홈즈가 대꾸했다.

JANUARY 3 **The Sign of Four**(1890)

"My mind," he said, "rebels at stagnation. Give me problems, give me
work, give me the most abstruse cryptogram, or the most intricate
analysis, and I am in my own proper atmosphere. I can dispense then
with artificial stimulants. But I abhor the dull routine of existence. I
crave for mental exaltation.

That is why I have chosen my own particular profession, or rather
created it, for I am the only one in the world."

"The only unofficial detective?" I said, raising my eyebrows.

"The only unofficial consulting detective," he answered. "I am the last
and highest court of appeal in detection."

1월 4일 다섯 개의 오렌지 씨앗(1891)

"새해가 밝고 나흘이 지났습니다. 자리에 앉아 아침 식사를 하려는데 아버지가 깜짝 놀라며 날카롭게 비명을 지르시지 뭡니까. 아버지는 한 손에 이제 막 뜯은 편지 봉투를 들고 계셨습니다. 다른 한 손에는 마른 오렌지 씨앗 다섯 개가 있었지요."(-존 오펜쇼)

JANUARY 4 The Five Orange Pips(1891)

"On the fourth day after the New Year I heard my father give a sharp cry of surprise as we sat together at the breakfast table. There he was, sitting with a newly opened envelope in one hand and five dried orange pips in the outstretched palm of the other one.(-John Openshaw)

1월 5일 **금테 코안경**(1904)

나는 1894년에 우리가 한 일을 기록한 묵직한 원고 세 권을 살펴보았다. 솔직히 말해 이렇게 많은 자료 중에서 사건 자체로 흥미로우면서도 내 친구에게 유명세를 가져다 준 특이한 능력을 증명하기에 적합한 사건을 고르기가 무척 어려웠다. 원고를 넘기자 혐오스러웠던 붉은 거머리 사건과 은행가 크로스비의 끔찍한 죽음을 적은 내용이 보였다. 애들턴 비극에 관한 설명과 오래된 영국 고분에서 발견한 독특한 부장품에 관한 자료도 있었다. 유명한 대장장이 모티머의 연쇄 사건도 이 시기에 발생했고, 도로 위의 암살자 휴렛을 추적하고 체포한 것 역시이 시기였다. 홈즈는 휴렛 사건으로 프랑스 대통령의 자필 감사 편지와 프랑스 최고의 영예인 레지옹 드뇌르 훈장을 받기도 했다.

JANUARY 5 **The Adventure of the Golden Pince-Nez**(1904)

When I look at the three massive manuscript volumes which contain our work for the year 1894, I confess that it is very difficult for me, out of such a wealth of material, to select the cases which are most interesting in themselves, and at the same time most conducive to a display of those peculiar powers for which my friend was famous. As I turn over the pages, I see my notes upon the repulsive story of the red leech and the terrible death of Crosby, the banker. Here also I find an account of the Addleton tragedy, and the singular contents of the ancient British barrow. The famous Smith-Mortimer succession case comes also within this period, and so does the tracking and arrest of Huret, the Boulevard assassin-an exploit which won for Holmes an autograph letter of thanks from the French President and the Order of the Legion of Honour.

1월 6일 주홍색 연구(1887)

그의 사람됨과 외모를 보면 평소 주변에 전혀 관심이 없는 사람이라도 흥미를 느낄 수밖에 없었다. 키는 1*m* 80*cm*를 넘었는데 워낙 깡말라서 훨씬 더 커 보였다. 대단히 무기력한 상태일 때를 제외하고는 눈매가 항상 날카롭고 형형했다. 홀쭉한 매부리코 때문에 전체적으로 냉철하고 단호해 보였다. 툭 튀어나오고 각진 턱은 완고하다는 인상을 주었다. 손에는 늘 잉크와 화학 약품 자국이 묻어 있었지만, 깨지기 쉬운 실험 도구를 다루는 모습을 볼 때면 손놀림이 무척 섬세하다는 것을 알 수 있었다.

JANUARY 6 A Study in Scarlet(1887)

His very person and appearance were such as to strike the attention of the most casual observer. In height he was rather over six feet, and so excessively lean that he seemed to be considerably taller. His eyes were sharp and piercing, save during those intervals of torpor to which I have alluded; and his thin, hawk-like nose gave his whole expression an air of alertness and decision. His chin, too, had the prominence and squareness which mark the man of determination. His hands were invariably blotted with ink and stained with chemicals, yet he was possessed of extraordinary delicacy of touch, as I frequently had occasion to observe when I watched him manipulating his fragile philosophical instruments.

1월 7일 **녹주석 보관**(1892)

"제가 오래전부터 들은 격언이 하나 있습니다. 불가능해 보이는 것을 하나씩 배제한 뒤 마지막에 남은 것이 아무리 터무니없어 보이더라도 진실이라는 것입니다."

JANUARY 7 **The Adventure of the Beryl Coronet**(1892)

"It is an old maxim of mine that when you have excluded the impossible, whatever remains, however improbable, must be the truth."

24

1월 8일 **푸른 카벙글의 모험**(1892)

나는 그의 팔걸이의자에 앉아 활활 타오르는 난롯불에 내 손을 따뜻하게 녹였다. 서리가 매섭게 내려앉고 유리창에도 두꺼운 성에가 낄 만큼 날씨가 추웠기 때문이다. 내가 말했다. "내가 보기엔 평범한 모자 같은데 실은 섬뜩한 사연이 숨겨져 있겠지. 자네가 수수께끼를 해결하고 범죄를 처단할 실마리일 테니 말이야." "아니, 아니야. 범죄가 아닐세. 몇 제곱킬로미터밖에 안 되는 공간에 400만 명이나 되는 인간들이 부대끼면서 생기는 별나고 사소한 일 중 하나일 뿐이지. 인간들이 복닥복닥 얽히며 살다 보면 서로 부딪히게 마련이고, 여러 가지 사건이 뒤엉키기도 하지. 그러다 보니 범죄까지는 아니어도 당혹스럽고 기이한 일들이 쉴 틈 없이 쏟아진다네." 셜록 홈즈가 웃으면서 말했다.

JANUARY 8 **The Adventure of the Blue Carbuncle**(1892)

I seated myself in his armchair and warmed my hands before his crackling fire, for a sharp frost had set in, and the windows were thick with the ice crystals. "I suppose," I remarked, "that, homely as it looks, this [hat] has some deadly story linked on to it-that it is the clue which will guide you in the solution of some mystery, and the punishment of some crime." "No, no. No crime," said Sherlock Holmes, laughing. "Only one of those whimsical little incidents which will happen when you have four million human beings all jostling each other within the space of a few square miles. Amid the action and reaction of so dense a swarm of humanity, every possible combination of events may be expected to take place, and many a little problem will be presented which may be striking and bizarre without being criminal."

1월 9일 **춤추는 사람**(1903)

"그렇다면 창문 가장자리를 관통한 총알에 대해서도 설명할 수 있으시
겠군요?"

그는 불쑥 몸을 돌린 다음, 가늘고 긴 손가락으로 아래쪽 내리닫이 창
틀 밑바닥에서 2.5㎝ 위에 난 구멍을 가리켰다.

"맙소사! 저건 또 어떻게 봤습니까?" 경위가 외쳤다.

"찾고 있었으니까요."

JANUARY 9 **The Adventure of the Dancing Men**(1903)

"Perhaps you can account also for the bullet which has so obviously
struck the edge of the window?"

He had turned suddenly, and his long, thin finger was pointing to a
hole which had been drilled right through the lower window-sash,
about an inch above the bottom.

"By George!" cried the inspector. "How ever did you see that?"

"Because I looked for it."

1월 10일 프란시스 카팍스 여사의 실종(1911)

"그런데 홈즈, 자네같이 논리적인 사람은 내 장화와 터키식 목욕이 어떤 관계가 있는지 잘 알겠지만 난 도무지 모르겠네. 도대체 무슨 상관이 있는 건지 내게도 설명을 해 주게." 내가 덧붙였다.

"그걸 알아내는 건 별로 어렵지 않아, 왓슨. 오늘 아침 자네가 누구와 택시를 타고 왔는지 알아내는 것만큼이나 쉽고 간단한 문제일세." 홈즈가 심술궂게 눈을 빛내며 말했다.

JANUARY 10 The Disappearance of Lady Frances Carfax(1911)

"By the way, Holmes," I added, "I have no doubt the connection between my boots and a Turkish bath is a perfectly self-evident one to a logical mind, and yet I should be obliged to you if you would indicate it."

"The train of reasoning is not very obscure, Watson,"
said Holmes with a mischievous twinkle. "It belongs to the same elementary class of deduction which I should illustrate if I were to ask you who shared your cab in your drive this morning."

1월 11일 **그리스어 통역관**(1893)

"군인 출신이군." 홈즈가 말했다.

"얼마 전에 전역했지." 형이 말을 받았다.

"인도에서 복무했고."

"하사관 출신이야."

"왕립 포병이겠고." 홈즈가 말했다.

"그리고 홀아비야."

"하지만 애가 하나 있지."

"동생아, 하나가 아니고 여럿이야."

"저는 통 무슨 말인지 모르겠네요." 나는 껄껄 웃으면서 말했다.

JANUARY 11 **The Greek Interpreter**(1893)

"An old soldier, I perceive," said Sherlock.

"And very recently discharged," remarked the brother.

"Served in India, I see."

"And a non-commissioned officer."

"Royal Artillery, I fancy," said Sherlock.

"And a widower."

"But with a child."

"Children, my dear boy, children."

"Come," said I, laughing, "this is a little too much."

1월 12일 다섯 개의 오렌지 씨앗(1891)

"내 기억이 정확하다면 우리가 알고 지낸 지 얼마 되지 않아 자네가 내 지식의 한계에 대해 아주 자세히 설명한 적이 있지."

"맞아. 참 재미있는 글이었지. 철학, 천문학, 정치학에 대해서는 전혀 모른다고 썼을 거야. 식물학에 대해선 편차가 심하고, 지질학 지식은 아주 풍부해서 런던에서 80km 이내에 있는 흙을 보고 어느 지역인지 맞출 정도지. 화학에 대해서는 지나칠 정도로 잘 알고, 해부학 지식은 체계적이지 않아. 대중 문학과 범죄 기록에 대해서는 가히 독보적이고, 바이올린 연주자이고, 권투 선수이면서 칼도 쓸 줄 알고, 법에 대해서도 잘 아는 데다 코카인과 담배 중독자이기도 하지. 여기까지가 내 분석의 핵심이었던 것 같군." 나는 웃으면서 말을 받았다.

JANUARY 12 The Five Orange Pips(1891)

"If I remember rightly, you on one occasion, in the early days of our friendship, defined my limits in a very precise fashion."

"Yes," I answered, laughing. "It was a singular document. Philosophy, astronomy, and politics were marked at zero, I remember. Botany variable, geology profound as regards the mud stains from any region within fifty miles of town, chemistry eccentric, anatomy unsystematic, sensational literature and crime records unique, violin player, boxer, swordsman, lawyer, and self-poisoner by cocaine and tobacco. Those, I think, were the main points of my analysis."

1월 13일 **해군 조약문**(1893)

"무슨 단서라도 찾았어요?"

"당신이 제게 일곱 가지 단서를 주었습니다. 물론 그 가치를 논하기 전에 확인부터 해 봐야겠죠."

"의심 가는 사람은 있나요?"

"나 자신이 의심스럽습니다."

"뭐라고요!"

"너무 성급하게 결론을 내려서 말입니다."

JANUARY 13 **The Naval Treaty**(1893)

"Do you see any clue?"

"You have furnished me with seven, but of course I must test them before I can pronounce upon their value."

"You suspect someone?"

"I suspect myself."

"What!"

"Of coming to conclusions too rapidly."

1월 14일 **악마의 발**(1910)

나는 오랫동안 셜록 홈즈와 돈독한 사이로 지냈고, 그와 함께 겪은 신기한 체험이나 흥미진진한 추억의 일부를 때때로 기록으로 남겼다. 하지만 그가 유명해지는 것을 꺼린 탓에 번번이 곤란한 입장에 처하곤 했다. 어둡고 냉소적인 성향을 지닌 셜록에게 대중의 박수갈채란 그저 혐오스러운 것이었다. 그의 가장 큰 즐거움은 멋지게 사건을 해결한 뒤 다른 경찰에게 사건의 진상을 밝히게 해 놓고 엉뚱한 사람이 칭찬받는 모습을 비웃음 섞인 얼굴로 지켜보는 것이었다.

JANUARY 14 **The Adventure of the Devil's Foot**(1910)

In recording from time to time some of the curious experiences and interesting recollections which I associate with my long and intimate friendship with Mr. Sherlock Holmes, I have continually been faced by difficulties caused by his own aversion to publicity. To his sombre and cynical spirit all popular applause was always abhorrent, and nothing amused him more at the end of a successful case than to hand over the actual exposure to some orthodox official, and to listen with a mocking smile to the general chorus of misplaced congratulation.

1월 15일 **입술 뒤틀린 사나이**(1891)

"8절지 공책의 면지를 뜯어서 연필로 썼고, 비침 무늬는 없군. 흠! 엄지
손가락이 더러운 남자가 오늘 그레이브젠드에서 부친 거야. 참 나! 봉
투 깃은 고무풀로 붙였는데, 내가 잘못 본 게 아니라면 씹는담배를 즐
겨 피는 사람이 침을 발라 붙였군."

JANUARY 15 **The Man with the Twisted Lip** (1891)

"Written in pencil upon the fly-leaf of a book, octavosize, no wa-
ter-mark. Hum! Posted to-day at Gravesend by a man with a dirty
thumb. Ha! And the flap has been gummed, if I am not very much in
error, by a person who had been chewing tobacco."

1월 16일 주홍색 연구(1887)

"천재성이란 끝없이 고통을 감수할 수 있는 능력이라는 말이 있습니다. 형편없는 정의이긴 하지만 탐정 일에는 딱 맞는 표현이지요." 홈즈가 미소를 지으며 말했다.

JANUARY 16 A Study in Scarlet(1887)

"They say that genius is an infinite capacity for taking pains," he remarked with a smile. "It's a very bad definition, but it does apply to detective work."

1월 17일 **빨간 머리 연맹**(1891)

나는 남자를 유심히 살펴보았다. 그리고 홈즈의 방식대로 남자의 옷차림이나 외모에서 드러나는 단서를 찾아보려 노력했다.

하지만 아무리 뜯어보아도 떠오르는 것이 없었다. 우리를 찾아온 사람은 흔히 볼 수 있는 평범한 영국 상인이었다. 비대한 체구에 느릿느릿 움직이며 점잔을 떨었다. 헐렁한 회색 격자무늬 바지에, 꾀죄죄하고 앞면의 단추를 잠그지 않은 까만 프록코트를 입었다. 칙칙한 황갈색 조끼 위에 놋쇠로 된 묵직한 앨버트 시곗줄이 늘어져 있고, 시곗줄에 네모난 구멍이 뚫린 동그란 쇠붙이가 하나가 장식으로 달려 있었다. 옆에 있는 의자에는 닳아빠진 중산모와 구겨진 벨벳 옷깃이 달린 빛바랜 갈색 외투가 걸려 있었다. 나로서는 불에 타는 듯한 빨간 머리칼과 몹시 억울하고 원통하다는 표정 외에는 별반 눈에 띄는 점이 없었다.

셜록 홈즈는 나를 슬쩍 쳐다보고는 내가 무슨 생각을 하는지 간파했다. 뭔가 알려 달라는 눈길로 그를 쳐다보자 그는 미소를 지으며 고개를 내저었다. "예전에 손을 사용하는 노동을 했고, 코담배를 즐겨 피우고, 프리메이슨 회원이야. 중국에 다녀왔고, 최근에 글씨를 많이 썼네. 확실하게 말할 수 있는 건 이 정도야. 다른 건 잘 모르겠네."

34

JANUARY 17 The Red-Headed League(1891)

I took a good look at the man and endeavoured, after the fashion of my companion, to read the indications which might be presented by his dress or appearance.

I did not gain very much, however, by my inspection. Our visitor bore every mark of being an average commonplace British tradesman, obese, pompous, and slow. He wore rather baggy grey shepherd's check trousers, a not over-clean black frock-coat, unbuttoned in the front, and a drab waistcoat with a heavy brassy Albert chain, and a square pierced bit of metal dangling down as an ornament. A frayed top-hat and a faded brown overcoat with a wrinkled velvet collar lay upon a chair beside him. Altogether, look as I would, there was nothing remarkable about the man save his blazing red head, and the expression of extreme chagrin and discontent upon his features.

Sherlock Holmes's quick eye took in my occupation, and he shook his head with a smile as he noticed my questioning glances. "Beyond the obvious facts that he has at some time done manual labour, that he takes snuff, that he is a Freemason, that he has been in China, and that he has done a considerable amount of writing lately, I can deduce nothing else."

1월 18일 실버 블레이즈(1892)

"사건을 명확하게 이해하기 위해서는 다른 사람에게 이야기하는 것만큼 좋은 방법은 없지."

JANUARY 18 Silver Blaze(1892)

"Nothing clears up a case so much as stating it to another person."

1월 19일 바스커빌 가문의 개(1902)

"흠, 왓슨. 뭐 좀 알아낸 게 있나?" 홈즈는 내게 등을 돌리고 앉아 있어서 내가 뭘 하고 있는지 전혀 몰랐을 텐데도 이렇게 물었다.

"내가 뭘 하고 있는지 어떻게 알았지? 자넨 뒤통수에도 눈이 달렸나 보군."

"내 앞에 잘 닦아 놓은 은제 커피 주전자가 있긴 하지."

JANUARY 19 The Hound of the Baskervilles(1902)

"Well, Watson, what do you make of it?"

Holmes was sitting with his back to me, and I had given him no sign of my occupation.

"How did you know what I was doing? I believe you have eyes in the back of your head."

"I have, at least, a well-polished, silver-plated coffee-pot in front of me."

1월 20일 네 개의 서명(1890)

"사실 경찰보다 미적 감각이 뒤떨어지는 사람들은 없지요."

JANUARY 20 The Sign of Four(1890)

"There is nothing more unaesthetic than a policeman."

1월 21일 애비 그레인지 저택(1904)

"자네가 기록할 사건을 고르는 안목이 탁월하다는 건 인정하네. 그래서 자네의 이야기 솜씨가 미흡해도 상당 부분 그걸로 보완이 되지. 하지만 자네의 치명적인 단점은 모든 것을 과학적인 훈련의 관점이 아니라 이야기의 관점에서 본다는 거야. 그런 탓에 교육적이고 고전적이기까지 한 논증의 가치가 훼손되지. 자극적인 세부 사항만 강조하고 섬세하고 정교한 문제 해결 과정을 소홀히 취급한다면 독자들을 즐겁게 할 수는 있어도 그들에게 가르침을 줄 순 없다네.

"그럼 직접 쓰지 그러나?" 나는 빈정거리며 말했다.

"그럴 거야, 왓슨. 언젠간 그렇게 할 걸세. 지금은 자네도 알다시피 바빠서 그렇지만 은퇴한 다음에는 교재를 집필하는 데 전념할 거야. 한 권 전체를 탐정의 기술에 할애할 생각이라네."

JANUARY 21 The Adventure of the Abbey Grange(1904)

"I must admit, Watson, that you have some power of selection, which atones for much which I deplore in your narratives. Your fatal habit of looking at everything from the point of view of a story instead of as a scientific exercise has ruined what might have been an instructive and even classical series of demonstrations. You slur over work of the utmost finesse and delicacy, in order to dwell upon sensational details which may excite, but cannot possibly instruct, the reader."

"Why do you not write them yourself?" I said, with some bitterness.

"I will, my dear Watson, I will. At present I am, as you know, fairly busy, but I propose to devote my declining years to the composition of a text-book, which shall focus the whole art of detection into one volume."

1월 22일 찰스 오거스터스 밀버턴(1904)

"세상에는 법으로도 처벌할 수 없는 범죄가 있으니 어느 정도의 개인적인 복수는 인정해야 한다고 생각합니다."

JANUARY 22 The Adventure of Charles Augustus Milverton(1904)

"I think there are certain crimes which the law cannot touch, and which therefore, to some extent, justify private revenge."

1월 23일 장기 입원 환자(1893)

"안녕하세요, (트리벨리언) 박사님. 오래 기다리시지 않아 다행입니다." 홈즈가 명랑하게 말했다.
"네? 제가 타고 온 마차의 마부에게 물어보셨나요?"
"아뇨. 탁자 위의 촛불을 보고 알았지요."

JANUARY 23 **The Resident Patient**(1893)

"Good-evening, Doctor [Trevelyan]," said Holmes cheerily. "I am glad to see that you have only been waiting a very few minutes."
"You spoke to my coachman, then?"
"No, it was the candle on the side-table that told me."

1월 24일 **주홍색 연구**(1887)

"이런, 기회를 놓치시다니. 선생 눈에는 별로 중요해 보이지 않았나 보
군요." 그렉슨이 안심한 듯 큰 목소리로 외쳤다.
"위대한 정신에 중요하지 않은 건 없지요." 홈즈가 훈계조로 말했다.

JANUARY 24 **A Study in Scarlet**(1887)

"Ha!" cried Gregson, in a relieved voice; "you should never neglect a
chance, however small it may seem."
"To a great mind, nothing is little," remarked Holmes, sententiously.

1월 25일 **보스콤 계곡의 비밀**(1891)

"난 담뱃재를 발견했네. 담뱃재에 대한 전문 지식 덕분에 그게 인도산 시가라는 걸 알 수 있었지. 자네도 알다시피 나는 전에 이 주제에 열중해서 140종의 다양한 파이프와 시가, 궐련 등의 담뱃재에 대한 짧은 논문을 쓰기도 했잖아."

JANUARY 25 **The Boscombe Valley Mystery**(1891)

"I found the ash of a cigar, which my special knowledge of tobacco ashes enabled me to pronounce as an Indian cigar. I have, as you know, devoted some attention to this, and written a little monograph on the ashes of 140 different varieties of pipe, cigar, and cigarette tobacco."

1월 26일 **신랑의 정체**(1891)

"요새 타자기와 범죄의 연관성에 대한 짧은 논문을 한 편 써 볼까 생각 하던 참이었거든요. 예전부터 관심이 가던 주제였습니다."

JANUARY 26 **A Case of Identity**(1891)

"I think of writing another little monograph some of these days on the typewriter and its relation to crime. It is a subject to which I have devoted some little attention."

1월 27일 춤추는 사람(1903)

"저는 모든 암호문 형식에 대해 잘 알고 있고, 이 주제로 짧은 논문을 쓰기도 했습니다. 논문에서 암호 기법 160종을 분석했지요."

JANUARY 27 The Adventure of the Dancing Men(1903)

"I am fairly familiar with all forms of secret writings, and am myself the author of a trifling monograph upon the subject, in which I analyze one hundred and sixty separate ciphers."

1월 28일 기어 다니는 남자의 비밀(1923)

"탐정 일에 개를 활용하는 것에 대한 소논문을 한 편 써 볼까 진지하게
생각해 봤지."

JANUARY 28 The Adventure of the Creeping Man(1923)

"I have serious thoughts of writing a small monograph upon the uses
of dogs in the work of the detective."

1월 29일 브루스파팅턴호 설계도(1908)

셜록 홈즈의 뛰어난 능력 중 하나는 어떤 일에 대해 더는 생각할 필요가 없을 때는 언제라도 다른 데로 생각을 돌릴 수 있다는 점이었다. 유독 기억에 남는 그날도 그는 온종일 라소의 다성 모테트에 관한 논문을 쓰는 데 푹 빠져 있었다.

JANUARY 29 The Adventure of the Bruce-Partington Plans(1908)

One of the most remarkable characteristics of Sherlock Holmes was his power of throwing his brain out of action and switching all thoughts on to lighter things whenever he had convinced himself that he could no longer work to advantage. I remember that during the whole of that memorable day he lost himself in a monograph which he had undertaken upon the Polyphonic Motets of Lassus.

1월 30일 **빈사의 탐정**(1913)

"그런데 자네 행색은 왜 그런가? 그 창백한 얼굴은 또 뭐고?"

"사흘 동안 완전히 단식을 하면 이렇게 되네, 왓슨. 나머지는 스폰지로 위장한 걸세. 이마에는 바셀린, 눈에는 벨라도나, 뺨에는 연지를 바르고, 입술 주변에 밀랍 부스러기를 붙여 매우 만족스러운 결과를 얻었지. 꾀병은 내가 소논문을 써 볼까 생각하던 주제이기도 해. 거기에다 반 크라운이나 굴 같은 엉뚱한 소리까지 늘어놓으면 정신 착란으로 보이기에 충분하지"

JANUARY 30 **The Adventure of the Dying Detective**(1913)

"But your appearance, Holmes–your ghastly face?"

"Three days of absolute fast does not improve one's beauty, Watson. For the rest, there is nothing which a sponge may not cure. With vaseline upon one's forehead, belladonna in one's eyes, rouge over the cheek-bones, and crusts of beeswax round one's lips, a very satisfying effect can be produced. Malingering is a subject upon which I have sometimes thought of writing a monograph. A little occasional talk about half-crowns, oysters, or any other extraneous subject produces a pleasing effect of delirium."

1월 31일 **빨간 머리 연맹**(1891)

"정말 멋진 추리야. 추리의 사슬이 처음부터 끝까지 완벽하게 연결되어 있군." 나는 진심으로 감탄하며 외쳤다.

"덕분에 잠시 권태에서 벗어났지. 이런, 벌써 지루해지기 시작하네. 내 삶은 진부한 일상에서 벗어나려는 노력의 연속이야. 가끔씩 이런 문제가 생기는 덕분에 그나마 좀 낫지만." 그는 하품을 하면서 대답했다.

JANUARY 31 **The Red-Headed League**(1891)

"You reasoned it out beautifully," I exclaimed, in unfeigned admiration. "It is so long a chain, and yet every link rings true."

"It saved me from ennui," he answered, yawning. "Alas! I already feel it closing in upon me. My life is spent in one long effort to escape from the commonplaces of existence. These little problems help me to do so."

FEBRUARY

2월

2월

우리가 워런 부인의 하숙집을 다시 찾았을 때 런던의 겨울 저녁은 온통 잿빛 커튼 같은 어둠에 물들어 있었다. 색을 잃은 듯한 어둠 속에서 작은 유리창 너머 노란 불빛과 어슴푸레한 가스등 불빛이 눈에 들어올 뿐이었다. 어두컴컴한 하숙집 거실에 앉아 있는데 어둠을 뚫고 위쪽에서 흐릿한 불빛이 하나 더 나타났다.

"저 방에 누가 있어. 그래, 그림자가 보여. 저기 다시 나타났군!" 홈즈는 수척한 얼굴을 창문 쪽으로 바짝 들이민 채 속삭였다.

붉은 원(1911)

FEBRUARY

When we returned to Mrs. Warren's rooms, the gloom of a London winter evening had thickened into one grey curtain, a dead monotone of colour, broken only by the sharp yellow squares of the windows and the blurred haloes of the gas-lamps. As we peered from the darkened sitting-room of the lodging-house, one more dim light glimmered high up through the obscurity.

"Someone is moving in that room," said Holmes in a whisper, his gaunt and eager face thrust forward to the window-pane. "Yes, I can see his shadow. There he is again!"

The Adventure of the Red Circle(1911)

2월 1일 **신랑의 정체**(1891)

그의 어깨 너머로 맞은편 횡단보도에 목에 두툼한 모피 목도리를 두르고 서 있는 덩치 큰 여자가 보였다. 그녀는 붉은 깃털이 달려 있고 챙이 넓은 모자를 요염한 데본서 공작부인처럼 한쪽 귀가 덮이도록 살짝 기울여 썼다. 화려하게 차려입은 그녀는 불안한 듯 몸을 이리저리 흔들고 장갑 단추를 만지작거리면서 힐끔힐끔 우리 방 창문을 올려다보았다. 그러다 느닷없이 그녀는 수영 선수가 풍덩풍덩하고 물에 뛰어드는 것처럼 갑자기 성큼 길을 건넜고, 곧 날카로운 초인종 소리가 들렸다.

"전에도 저런 모습을 몇 번 본 적이 있지. 길에서 저렇게 초조해하는 건 늘 연애 문제와 관련이 있어. 조언을 듣고 싶지만 섣불리 이야기하기에 민감한 문제라 망설이는 거야. 이것도 몇 가지로 나눌 수 있지. 남자에게 호되게 당한 여자는 더는 안절부절 견딜 수 없어 하지 않아. 대신 초인종 줄을 끊어져라 잡아당기지. 연애 문제는 맞는 것 같지만, 저 아가씨는 화가 났다기보다는 당혹스럽거나 슬퍼하는 것처럼 보이는군. 자. 이제 직접 찾아왔으니 우리의 궁금증도 풀리겠지."

FEBRUARY 1 A Case of Identity(1891)

Looking over his shoulder, I saw that on the pavement opposite there stood a large woman with a heavy fur boa round her neck, and a large curling red feather in a broad-brimmed hat which was tilted in a co-quettish Duchess-of-Devonshire fashion over

her ear. From under this great panoply she peeped up in a nervous, hesitating fashion at our windows, while her body oscillated back-wards and forwards, and her fingers fidgeted with her glove buttons. Suddenly, with a plunge, as of the swimmer who leaves the bank, she hurried across the road, and we heard the sharp clang of the bell.

"I have seen those symptoms before," said Holmes, throwing his cig-arette into the fire. "Oscillation upon the pavement always means an affaire decoeur. She would like advice, but is not sure that the matter is not too delicate for communication. And yet even here we may discriminate. When a woman has been seriously wronged by a man she no longer oscillates, and the usual symptom is a broken bell wire. Here we may take it that there is a love matter, but that the maiden is not so much angry as perplexed, or grieved. But here she comes in person to relieve our doubts."

2월 2일 세 학생(1904)

소에임스가 망설였다.

"무척 난감한 질문이군요. 증거도 없는데 의심하는 걸 좋아하는 사람은 없을 테니까요." 그가 말했다.

"어떤 의심인지 한번 들어나 보죠. 증거는 제가 찾으면 됩니다."

FEBRUARY 2 The Adventure of the Three Students(1904)

Soames hesitated.

"It is a very delicate question," said he. "One hardly likes to throw suspicion where there are no proofs."

"Let us hear the suspicions. I will look after the proofs."

2월 3일 다섯 개의 오렌지 씨앗(1891)

셜록 홈즈는 눈을 감더니 의자 팔걸이에 팔꿈치를 대고 손가락 끝을 마주 댔다. 그가 말했다. "이상적인 추론가라면 한 가지 사실을 접하더라도 다각도에서 살펴보고 지금에 이르기까지의 모든 과정은 물론, 앞으로 일어날 결과까지 추측할 수 있지."

FEBRUARY 3 The Five Orange Pips(1891)

Sherlock Holmes closed his eyes and placed his elbows upon the arms of his chair, with his finger-tips together. "The ideal reasoner," he remarked, "would, when he has once been shown a single fact in all its bearings, deduce from it not only all the chain of events which led up to it but also all the results which would follow from it."

2월 4일 **주홍색 연구**(1887)

"세상에! 그가 정말 함께 하숙할 사람을 찾는다면 내가 적임자일세. 나도 혼자 있기보다는 같이 지낼 사람이 필요하니까."

스탬퍼드 군은 와인 잔 너머로 다소 알쏭달쏭한 표정을 지으며 나를 쳐다보았다. 그가 말했다. "박사님은 아직 셜록 홈즈 씨를 잘 모르시죠. 같이 지내시다 보면 별로 마음에 들지 않으실 수도 있습니다."

"왜? 그 사람에게 무슨 문제라도 있나?"

"아, 문제가 있다는 말은 아닙니다. 그냥 생각하는 게 좀 별나서요. 과학에 대해서는 광신적일 정도고요. 그래도 사람됨은 점잖은 편이긴 합니다."

FEBRUARY 4 **A Study in Scarlet**(1887)

"By Jove!" I cried; "if he really wants someone to share the rooms and the expense, I am the very man for him. I should prefer having a partner to being alone."

Young Stamford looked rather strangely at me over his wineglass. "You don't know Sherlock Holmes yet," he said; "perhaps you would not care for him as a constant companion."

"Why, what is there against him?"

"Oh, I didn't say there was anything against him. He is a little queer in his ideas-an enthusiast in some branches of science. As far as I know he is a decent fellow enough."

2월 5일 네 개의 서명(1890)

나는 창가에 서서 그녀가 경쾌하게 거리를 걸어 내려가는 모습을 지켜보았다. 이내 우중충한 차림의 사람들 속으로 그녀의 회색 모자와 하얀 깃털이 한 점 얼룩이 되어 사라졌다.

"참 매력적인 여성이야!" 나는 홈즈를 돌아보며 외쳤다.

그는 다시 파이프에 불을 붙이고는 눈을 게슴츠레하게 뜬 채로 의자에 몸을 깊이 파묻었다. 그가 무미건조하게 대꾸했다. "그런가? 난 잘 모르겠는데."

"자넨 참 기계 인간 같군! 가끔 인간처럼 느껴지지 않을 때도 있어!" 내가 소리쳤다.

FEBRUARY 5 The Sign of Four(1890)

Standing at the window, I watched her walking briskly down the street until the grey turban and white feather were but a speck in the sombre crowd.

"What a very attractive woman!" I exclaimed, turning to my companion.

He had lit his pipe again and was leaning back with drooping eyelids. "Is she?" he said languidly; "I did not observe."

"You really are an automaton-a calculating machine," I cried. "There is something positively inhuman in you at times."

2월 6일 푸른 카벙글의 모험(1892)

"그런데 일을 진행하기 전에 제가 돕게 될 분의 성함부터 알고 싶군요."

남자는 잠시 망설이다가 홈즈를 힐끗 쳐다보며 대답했다. "존 로빈슨입니다."

"아니, 본명 말입니다. 가명을 쓰면 항상 일이 복잡해지거든요." 홈즈가 부드럽게 말했다.

FEBRUARY 6 The Adventure of the Blue Carbuncle(1892)

"But pray tell me, before we go farther, who it is that I have the pleasure of assisting."

The man hesitated for an instant. "My name is John Robinson," he answered with a sidelong glance.

"No, no; the real name," said Holmes, sweetly. "It is always awkward doing business with an alias."

2월 7일 **여섯 점의 나폴레옹 상**(1904)

마차를 타고 올라가는 동안, 호기심에 가득 찬 사람들이 집 앞에 진을 치고 있는 모습이 보였다. 홈즈가 휘파람을 불었다.

"저런! 살인 미수 정도는 일어난 모양이군. 그렇지 않고서야 런던의 우편배달 소년까지 와서 구경할 리가 없지. 사람들이 까치발로 서서 목을 쭉 빼고 있는 걸 보니 폭력 사건이 일어난 게 분명해."

FEBRUARY 7 **The Adventure of the Six Napoleons**(1904)

As we drove up, we found the railings in front of the house lined by a curious crowd. Holmes whistled.

"By George! it's attempted murder at the least. Nothing less will hold the London message-boy. There's a deed of violence indicated in that fellow's round shoulders and outstretched neck."

2월 8일 **빈집의 모험**(1903)

우리가 지나가는 길만 해도 특이하기 짝이 없었다. 런던의 뒷골목에 대해서라면 누구보다 잘 알고 있는 홈즈는 마구간들이 줄지어 늘어선 곳을 거침없이 헤쳐 나갔다. 나 같은 사람은 이런 곳이 있는 줄도 몰랐다.

FEBRUARY 8 **The Adventure of the Empty House**(1903)

Our route was certainly a singular one. Holmes's knowledge of the byways of London was extraordinary, and on this occasion he passed rapidly and with an assured step through a network of mews and stables, the very existence of which I had never known.

2월 9일 프란시스 카팍스 여사의 실종(1911)

"영장은 어디 있소?"

홈즈는 주머니에서 권총을 반쯤 뽑아 들었다.

"더 나은 게 올 때까지 이걸로 대신할 겁니다."

"강도나 다름없군요."

"그렇게 생각해도 좋습니다. 내 동료도 꽤나 위험한 악당이죠. 우린 이제 당신 집을 뒤질 겁니다."

FEBRUARY 9 The Disappearance of Lady Frances Car-fax(1911)

"Where is your warrant?"

Holmes half drew a revolver from his pocket.

"This will have to serve till a better one comes."

"Why, you are a common burglar."

"So you might describe me," said Holmes cheerfully. "My companion is also a dangerous ruffian. And together we are going through your house."

2월 10일 보스콤 계곡의 비밀(1891)

"살인자는요?"

"키가 크고 왼손잡이에 오른쪽 다리를 접니다. 밑창이 두꺼운 사냥용 부츠를 신고 회색 망토를 입었고요. 인도산 시가를 시가 파이프에 끼워서 피우죠. 주머니에는 뭉툭한 주머니칼이 들어 있을 겁니다. 다른 특징도 있긴 하지만 사람을 찾는 덴 이 정도면 충분하겠죠."

FEBRUARY 10 The Boscombe Valley Mystery(1891)

"And the murderer?"

"Is a tall man, left-handed, limps with the right leg, wears thick-soled shooting boots and a grey cloak, smokes Indian cigars, uses a cigar-holder, and carries a blunt penknife in his pocket. There are several other indications, but these may be enough to aid us in our search."

2월 11일 다섯 개의 오렌지 씨앗(1891)

"사람은 머릿속의 작은 다락방을 자신이 자주 쓸 만한 가구로 채워 놓아야 해. 나머지는 헛간이나 서재 같은 데 쌓아 두고 필요할 때 꺼내 쓰면 되지."

FEBRUARY 11 The Five Orange Pips(1891)

"A man should keep his little brain-attic stocked with all the furniture that he is likely to use, and the rest he can put away in the lumber room of his library, where he can get it if he wants it."

2월 12일 **푸른 카벙글의 모험**(1892)

"전 셜록 홈즈라고 합니다. 다른 사람들이 모르는 걸 알아내는 게 제가 하는 일이죠."

FEBRUARY 12 **The Adventure of the Blue Carbuncle**(1892)

"My name is Sherlock Holmes. It is my business to know what other people don't know."

2월 13일 실버 블레이즈(1892)

"대체 어제는 왜 안 내려갔지?"
"왓슨, 그건 내 실수였어. 유감스럽게도 자네의 회고록으로만 날 접하는 사람들이 생각하는 것보다 나는 더 자주 실수를 한다네."

FEBRUARY 13 Silver Blaze(1892)

"Why didn't you go down yesterday?"
"Because I made a blunder, my dear Watson-which is, I am afraid, a more common occurrence than anyone would think who only knew me through your memoirs."

67

2월 14일 네 개의 서명(1890)

모스턴 양과 나는 손을 잡고 나란히 서 있었다. 놀랍고 신비로운 것이 사랑이었다. 우리는 그날 처음 만난 사이였고, 애정 어린 말이나 눈길을 주고받은 적도 없었다. 하지만 힘겨운 시간을 보내면서 우리는 본능적으로 서로에게 손을 내밀었다. 이제 와 생각하면 놀라운 일이지만 당시에는 그녀의 손을 잡는 일이 무척 자연스럽게 느껴졌다. 뒷날 그녀도 내게 종종 말하곤 했다. 그때 나와 함께 있는 것이 본능적으로 편안하고 의지가 됐다고. 우리는 그때 어린아이들처럼 손을 꼭 붙잡고 있었고, 기이한 일이 우리를 둘러싸고 있었지만 마음만은 한없이 평화로웠다.

FEBRUARY 14 **The Sign of Four**(1890)

Miss Morstan and I stood together, and her hand was in mine. A wondrous subtle thing is love, for here were we two, who had never seen each other before that day, between whom no word or even look of affection had ever passed, and yet now in an hour of trouble our hands instinctively sought for each other. I have marvelled at it since, but at the time it seemed the most natural thing that I should go out to her so, and, as she has often told me, there was in her also the instinct to turn to me for comfort and protection. So we stood hand in hand like two children, and there was peace in our hearts for all the dark things that surrounded us.

2월 15일 보헤미아 왕국의 스캔들(1891)

셜록 홈즈는 그녀를 항상 '그 여성'이라고 불렀다. 그녀를 다른 호칭으로 언급하는 것은 거의 들어 본 적이 없다. 홈즈 앞에서 그녀를 제외한 다른 모든 여성은 빛을 잃었다. 그렇다고 해서 홈즈가 아이린 애들러에게 애정 비슷한 감정을 느꼈던 것은 아니다. 모든 감정, 그중에서도 특히 연애 감정은 냉철하면서도 놀랍도록 균형 잡힌 성격의 홈즈에게는 혐오스러운 것이었기 때문이다. 그는 기계와 같이 완벽한 추리와 관찰을 선보였지만, 여자들이 연애 상대로 삼기에는 부적합한 인물이었다. 비웃거나 비아냥거리지 않고서는 한결 나긋한 감정을 입에 올린 적조차 없다. 관찰자가 보기에 이런 성향은 제법 바람직하다. 인간의 동기나 행동을 가리는 베일을 드러내는 데 큰 도움이 되기 때문이다. 하지만 잘 훈련된 이성적 사고의 소유자가 자신의 섬세하게 조절된 정신세계에 이런 감정이 비집고 들어온다는 점을 인정하는 것은 정신적인 사고 과정에 의혹을 제기하는 불안정한 요인으로 작용할 수 있다. 그것은 정밀한 기계에 이물질이 들어가거나, 성능이 우수한 돋보기에 금이 간 것보다 더욱 곤혹스러울 것이다. 하지만 홈즈에게도 한 여자가 있었으니, 그녀가 바로 세상 사람들에게 정체불명의 의문스러운 기억을 남기고 세상을 떠난 아이린 애들러다.

FEBRUARY 15 A Scandal in Bohemia(1891)

To Sherlock Holmes she is always the woman. I have seldom heard him mention her under any other name. In his eyes she eclipses and predominates the whole of her sex. It was not that he felt any emotion akin to love for Irene Adler. All emotions, and that one particularly, were abhorrent to his cold, precise but admirably balanced mind. He was, I take it, the most perfect reasoning and observing machine that the world has seen; but, as a lover, he would have placed himself in a false position. He never spoke of the softer passions, save with a gibe and a sneer. They were admirable things for the observer-excellent for drawing the veil from men's motives and actions. But for the trained reasoner to admit such intrusions into his own delicate and finely adjusted temperament was to introduce a distracting factor which might throw a doubt upon all his mental results. Grit in a sensitive instrument, or a crack in one of his own high-power lenses, would not be more disturbing than a strong emotion in a nature such as his. And yet there was but one woman to him, and that woman was the late Irene Adler, of dubious and questionable memory.

2월 16일 너도밤나무집(1892)

"일곱 가지의 가능성을 생각해 봤네. 전부 우리가 알고 있는 사실과 맞아떨어지지."

FEBRUARY 16 The Adventure of the Copper Beeches(1892)

"I have devised seven separate explanations, each of which would cover the facts as far as we know them."

2월 17일 붉은 원(1911)

"이제 즐거운 지적 추리의 장이 열리는군. 우선 흔히 볼 수 있는 심이 두꺼운 보라색 연필로 썼어. 인쇄를 하고 나서 이쪽 옆을 잘라 낸 것이 보이지? 비누의 ㅂ자가 살짝 잘려 나갔어. 이거 의미심장하지 않나, 왓슨?"

"일부러 그랬다는 건가?"

"바로 그걸세."

FEBRUARY 17 The Adventure of the Red Circle(1911)

"It opens a pleasing field for intelligent speculation. The words are written with a broad-pointed, violet-tinted pencil of a not unusual pattern. You will observe that the paper is torn away at the side here after the printing was done, so that the 'S' of 'SOAP' is partly gone. Suggestive, Watson, is it not?"

"Of caution?"

"Exactly."

2월 18일 **악마의 발**(1910)

"흠, 우선 남아 있는 분말을 봉투에서 꺼내서 불붙인 램프 위에 놓겠네. 이렇게! 자, 왓슨, 이제 앉아서 어떤 일이 일어나는지 보자고."

기다릴 필요도 없었다. 의자에 자리를 잡기도 전에 매캐한 사향 냄새가 코를 찔렀고, 속이 메슥거렸다. 냄새를 맡자마자 내 두뇌와 상상력이 고삐 풀린 망아지처럼 날뛰기 시작했다. 눈앞에 짙은 먹구름이 소용돌이쳤고, 그 속에 보이지 않지만 무엇인가 소름 끼치는 것, 상상도 할 수 없이 추악하고 괴기한 존재가 숨어 있다가 불쑥 튀어나와 나를 소스라치게 할 것 같다는 생각이 들었다.

FEBRUARY 18 **The Adventure of the Devil's Foot**(1910)

"Well, then, I take our powder-or what remains of it-from the envelope, and I lay it above the burning lamp. So! Now, Watson, let us sit down and await developments."

They were not long in coming. I had hardly settled in my chair before I was conscious of a thick, musky odour, subtle and nauseous. At the very first whiff of it my brain and my imagination were beyond all control. A thick, black cloud swirled before my eyes, and my mind told me that in this cloud, unseen as yet, but about to spring out upon my appalled senses, lurked all that was vaguely horrible, all that was monstrous and inconceivably wicked in the universe.

2월 19일 **실종된 스리쿼터백**(1904)

다시 거리로 나섰을 때 그는 나직이 웃으며 두 손을 문질렀다.

"무슨 일이지?" 내가 물었다.

"진전이 있었어, 왓슨. 진전이 있었다고. 나는 전보를 훔쳐볼 계획을 일곱 가지나 세워 두었네. 하지만 이렇게 한 번에 성공할 줄은 몰랐어."

FEBRUARY 19 **The Adventure of the Missing Three-Quarter**(1904)

He chuckled and rubbed his hands when we found ourselves in the street once more.

"Well?" I asked.

"We progress, my dear Watson, we progress. I had seven different schemes for getting a glimpse of that telegram, but I could hardly hope to succeed the very first time."

2월 20일 **블랙 피터**(1904)

나는 홈즈가 자신의 가공할 만한 정체를 숨기기 위해 예전에 수없이 그랬듯 변장을 하고 가명을 쓰면서 일하고 있음을 눈치 챘다. 그에게는 런던의 다른 지역에 적어도 다섯 개의 은신처가 있었으며, 그는 그곳에서 신분을 바꾸고 지낼 수 있었다.

FEBRUARY 20 **The Adventure of Black Peter**(1904)

Holmes was working somewhere under one of the numerous disguises and names with which he concealed his own formidable identity. He had at least five small refuges in different parts of London, in which he was able to change his personality.

2월 21일 **실종된 스리쿼터백**(1904)

홈즈가 자리에서 일어섰다. 그는 전보용지를 집어 들더니, 창가로 가져가 제일 위에 있는 용지를 꼼꼼히 살펴보았다.

"연필로 쓰지 않아 유감이군." 그가 말했다. 그는 실망스러운 듯 어깨를 으쓱하고는 용지를 제자리에 집어던졌다.

"왓슨, 자네도 보았겠지만 연필 자국은 보통 종이 아래에도 남는다네. 그 탓에 화목한 결혼 생활이 깨질 뻔한 사람도 수없이 많았지."

FEBRUARY 21 **The Adventure of the Missing Three-Quarter**(1904)

Holmes rose. Taking the [telegraph] forms, he carried them over to the window and carefully examined that which was uppermost.

"It is a pity he did not write in pencil," said he, throwing them down again with a shrug of disappointment. "As you have no doubt frequently observed, Watson, the impression usually goes through-a fact which has dissolved many a happy marriage."

2월 22일 **악마의 발**(1910)

"왓슨, 자네에게 진심으로 고맙고 미안하네. 이건 나 자신에게나 자네에게나 해서는 안 될 실험이었어. 정말 미안하게 됐네." 홈즈가 마침내 떨리는 목소리로 말했다.

"무슨 소린가, 자네를 돕는 건 내 기쁨이자 특권일세." 나는 홈즈에게 이렇게 진정 어린 말을 들어본 적이 없었기 때문에 가슴이 뭉클해져서 대답했다.

하지만 그는 이내 반쯤은 장난스럽고 반쯤은 냉소적인 평소의 태도를 되찾았다.

FEBRUARY 22 **The Adventure of the Devil's Foot**(1910)

"Upon my word, Watson!" said Holmes at last with an unsteady voice, "I owe you both my thanks and an apology. It was an unjustifiable experiment even for one's self, and doubly so for a friend. I am really very sorry."

"You know," I answered with some emotion, for I had never seen so much of Holmes's heart before, "that it is my greatest joy and privilege to help you."

He relapsed at once into the half-humorous, half-cynical vein which was his habitual attitude to those about him.

2월 23일 해군 조약문(1893)

"경찰은 자료를 수집하는 데 무척 뛰어나죠. 그걸 잘 활용하지 못한다는 게 문제긴 하지만요."

FEBRUARY 23 The Naval Treaty(1893)

"The authorities are excellent at amassing facts, though they do not always use them to advantage."

2월 24일 **라이기트의 수수께끼**(1893)

"범죄를 분석할 때는 수많은 사실 중 정말 중요한 것과 그렇지 않은 것을 구별하는 게 중요합니다. 그렇지 않으면 에너지와 주의력이 분산되어 중요한 데 집중할 수 없으니까요."

FEBRUARY 24 **The Reigate Squires**(1893)

"It is of the highest importance in the art of detection to be able to recognize, out of a number of facts, which are incidental and which vital. Otherwise your energy and attention must be dissipated instead of being concentrated."

79

2월 25일 **머즈그레이브 전례문**(1893)

가끔 나는 내 친구 셜록 홈즈의 성격에 다소 별난 부분이 있지 않나 하는 생각이 든다. 제 딴에는 그 누구보다 논리정연하게 사고할 수 있고 복장도 제법 단정하고 깔끔한 편이었지만, 사사로운 버릇을 알고보면 어수선하기 짝이 없어서 함께 사는 내가 부아가 치밀 정도였기 때문이다.

FEBRUARY 25 **The Musgrave Ritual**(1893)

An anomaly which often struck me in the character of my friend Sherlock Holmes was that, although in his methods of thought he was the neatest and most methodical of mankind, and although also he affected a certain quiet primness of dress, he was none the less in his personal habits one of the most untidy men that ever drove a fellow-lodger to distraction.

2월 26일 빈사의 탐정(1913)

셜록 홈즈가 사는 하숙집 주인 허드슨 부인은 남다른 참을성의 소유자였다. 그녀의 1층 아파트에는 범상치 않거나 위험해 보이는 사람들이 수시로 드나들 뿐 아니라, 그녀의 비범한 하숙인은 성격이 괴팍한 데다 생활 패턴도 불규칙해서 허드슨 부인은 분명 마음고생이 심했을 것이다. 방은 엉망진창이며, 때를 가리지 않고 음악에 몰두하는 데다, 걸핏하면 방에서 사격 연습이나 악취가 진동하는 화학 실험을 하는가 하면, 주변에 언제나 폭력과 위험의 기운이 도사리고 있어 홈즈는 그야말로 런던에서 제일 형편없는 하숙인이었다. 하지만 하숙비만큼은 후하게 지불했다. 홈즈가 나와 함께 있는 몇 년 동안 지불한 금액만으로도 그 집을 통째로 사고도 남았을 것이다.

FEBRUARY 26 **The Adventure of the Dying Detective**(1913)

Mrs. Hudson, the landlady of Sherlock Holmes, was a long-suffering woman. Not only was her first-floor flat invaded at all hours by throngs of singular and often undesirable characters but her remarkable lodger showed an eccentricity and irregularity in his life which must have sorely tried her patience. His incredible untidiness, his addiction to music at strange hours, his occasional revolver practice within doors, his weird and often malodorous scientific experiments, and the atmosphere of violence and danger which hung around him made him the very worst tenant in London. On the other hand, his payments were princely. I have no doubt that the house might have been purchased at the price which Holmes paid for his rooms during the years that I was with him.

2월 27일 **주홍색 연구**(1887)

"알기는 쉽지만 설명하기는 좀 어려운 문제입니다. 누가 2 더하기 2가
왜 4인지 증명해 보라고 한다면 박사님은 그 사실을 확실히 알고 있어
도 증명하긴 어려울 겁니다."

FEBRUARY 27 **A Study in Scarlet**(1887)

"It was easier to know it than to explain why I knew it. If you were
asked to prove that two and two made four, you might find some dif-
ficulty, and yet you are quite sure of the fact.

2월 28일 **여섯 점의 나폴레옹 상**(1904)

레스트레이드 경위와 나는 한동안 멍하니 앉아 있었다. 그러다 우리는 멋진 연극을 볼 때처럼 저도 모르게 동시에 박수를 쳤다. 홈즈의 창백한 뺨에 홍조가 어리는가 싶더니 그는 청중의 호응에 감사하는 위대한 극작가처럼 우리에게 몸을 숙여 보였다. 이 순간만큼은 그도 잠시나마 완벽한 추리 기계이기를 그만두었고, 존경과 갈채를 바라는 인간의 마음에 냉소를 던지지도 않았다. 그는 유독 자부심이 강하고 내성적인 성격이라 세간의 평가를 경멸하고 이에 아랑곳하지 않았지만, 친구의 진심 어린 감탄과 칭찬에는 깊이 감동할 줄도 알았다.

Lestrade and I sat silent for a moment, and then, with a spontaneous impulse, we both broke out clapping, as at the well-wrought crisis of a play. A flush of colour sprang to Holmes's pale cheeks, and he bowed to us like the master dramatist who receives the homage of his audience. It was at such moments that for an instant he ceased to be a reasoning machine, and betrayed his human love for admiration and applause. The same singularly proud and reserved nature which turned away with disdain from popular notoriety was capable of being moved to its depths by spontaneous wonder and praise from a friend.

2월 29일 괴도 신사 아르센 뤼팽(1910), 모리스 르블랑

홈즈는 미소를 지으며 말했다. "드반 씨, 수수께끼는 아무나 풀 수 있는 것이 아닙니다."

FEBRUARY 29 The Extraordinary Adventures of Arsène Lupin, Gentleman-Burglar(1910) By Maurice Leblanc

Holmes smiled and said: "Monsieur Devanne, everybody cannot solve riddles."

MARCH

3월

3월

쌀쌀하고 어두운 3월의 밤이었다. 바람이 매섭게 불고 보슬비가 얼굴을 적셨다. 황폐한 공유지와 그 너머 우리의 목적지인 비극의 현장에 무척 어울리는 날씨였다.

등나무 집(1908)

MARCH

It was a cold, dark March evening, with a sharp wind and a fine rain beating upon our faces, a fit setting for the wild common over which our road passed and the tragic goal to which it led us.

The Adventure of Wisteria Lodge (1908)

3월 1일 **얼룩 띠의 비밀**(1892)

나는 지난 8년 동안 내 친구 셜록 홈즈의 추리 방법을 연구하면서 70건의 사건 기록을 남겼다. 기록을 훑어보니 수많은 처참한 사건과 몇몇 우스꽝스러운 사건, 기기묘묘한 여러 사건이 있었지만 평범하다고 할만한 사건은 하나도 없었다. 홈즈는 돈을 위해서라기보다 사건을 해결하는 자체를 즐겼기 때문에 별나거나 기이한 성향을 보이지 않는 사건은 아예 맡으려 하지 않았기 때문이다.

MARCH 1 **The Adventure of the Speckled Band**(1892)

In glancing over my notes of the seventy odd cases in which I have during the last eight years studied the methods of my friend Sherlock Holmes, I find many tragic, some comic, a large number merely strange, but none commonplace; for, working as he did rather for the love of his art than for the acquirement of wealth, he refused to associate himself with any investigation which did not tend towards the unusual, and even the fantastic.

3월 2일 **라이기트의 수수께끼**(1893)

"눈에 띄는 점이라도 있나요?"

"딱히 없었습니다. 도둑들이 서재를 샅샅이 뒤졌는데 고생한 데 비해 별다른 수확은 없었던 것 같습니다. 방 전체를 엉망진창으로 만들고 서랍과 책장을 뒤엎었지만 포프가 번역한 호메로스 한 권과 도금한 촛대 두 개, 상아 문진, 작은 떡갈나무 기압계, 실 뭉치가 사라진 물건 전부라고 합니다."

"정말 이상한 것만 가져갔군!" 내가 외쳤다.

홈즈는 소파에 앉아 투덜거렸다.

"손에 잡히는 대로 가져간 게 분명해. 주 경찰은 뭔가 조치를 취해야 합니다. 이건 아무리 봐도 분명……."

나는 손가락을 세워 보이며 경고했다.

"이 봐, 자넨 여기 휴양 차 온 거야. 몸이 많이 쇠약해져 있으니 제발 새로운 문제를 떠안지 말게."

MARCH 2 **The Reigate Squires**(1893)

"Was there any feature of interest?"

"I fancy not. The thieves ransacked the library and got very little for their pains. The whole place was turned upside down, drawers burst open, and presses ransacked, with the result that an odd volume of Pope's Homer, two plated candlesticks, an ivory letter-weight, a small oak barometer, and a ball of twine are all that have vanished."

"What an extraordinary assortment!" I exclaimed.

"Oh, the fellows evidently grabbed hold of everything they could get." Holmes grunted from the sofa.

"The county police ought to make something of that," said he; "why, it is surely obvious that-"

But I held up a warning finger.

"You are here for a rest, my dear fellow. For heaven's sake don't get started on a new problem when your nerves are all in shreds."

3월 3일 **신랑의 정체**(1891)

"나한텐 보이지 않는 걸 자넨 많이 읽어 낸 것 같군." 내가 말했다.

"보이지 않는 게 아냐, 왓슨. 보지 못한 거지. 자넨 어딜 봐야 할지 몰라서 중요한 걸 죄다 놓치고 말았어. 그동안 자네에게 소매가 얼마나 중요한지, 엄지손톱에 얼마나 많은 정보가 숨어 있는지, 구두끈에는 또 얼마나 중요한 문제가 얽혀 있는지 누차 말했는데 아직도 모르는군."

MARCH 3 **A Case of Identity**(1891)

"You appeared to read a good deal upon her which was quite invisible to me," I remarked.

"Not invisible, but unnoticed, Watson. You did not know where to look, and so you missed all that was important. I can never bring you to realize the importance of sleeves, the suggestiveness of thumb-nails, or the great issues that may hang from a boot-lace."

3월 4일 **주홍색 연구**(1887)

"이렇게 쓰레기 같은 글은 처음 보는군."

"왜 그러시죠?" 셜록 홈즈가 물었다.

"아니, 이 기사 말입니다. 표시가 돼 있는 걸 보니 홈즈 씨도 벌써 읽으셨겠죠. 나름대로 체계적인 글이라는 건 인정합니다. 하지만 무척 거슬리네요. 온종일 방에 틀어박혀 시시콜콜한 문제만 파고들면서 시간을 때우는 사람이 쓴 이론이 분명합니다. 실용적인 구석이라고는 하나도 없어요. 저는 이 남자를 지하의 삼등석에 태우고 거기 탄 사람들의 직업을 맞혀 보라고 하고 싶습니다. 죄다 틀릴 거라는 데 천 대 일로 걸겠습니다."

"돈을 잃으시겠군요. 그런데 저 기사는 제가 쓴 겁니다." 셜록 홈즈가 싸늘하게 말했다.

MARCH 4 **A Study in Scarlet**(1887)

"I never read such rubbish in my life."

"What is it?" asked Sherlock Holmes.

"Why, this article," I said, pointing at it with my egg spoon as I sat down to my breakfast. "I see that you have read it since you have marked it. I don't deny that it is smartly written. It irritates me though. It is evidently the theory of some armchair lounger who evolves all these neat little paradoxes in the seclusion of his own study. It is not practical. I should like to see him clapped down in a third class carriage on the Underground, and asked to give the trades of all his fellow-travellers. I would lay a thousand to one against him."

"You would lose your money," Sherlock Holmes remarked calmly. "As for the article, I wrote it myself."

3월 5일 찰스 오거스터스 밀버턴(1904)

"그게, 나야 별로 내키진 않지만 그렇게 해야겠군. 우린 언제 출발하지?" 내가 물었다.

"자넨 안 가도 되네."

"그럼 자네도 못 가. 약속하지 않았나. 난 평생 약속을 어긴 적이 없네. 이번 모험에 날 데려가지 않으면 난 당장 마차를 타고 경찰서로 달려갈 걸세." 내가 말했다.

"자넨 도움이 안 돼."

"그걸 어떻게 알지? 무슨 일이 생길지는 아무도 몰라. 어쨌든 난 이미 마음을 굳혔네. 자네 말고 다른 사람에게도 자존심이나 체면 같은 게 있는 거라고."

MARCH 5 The Adventure of Charles Augustus Milverton(1904)

"Well, I don't like it, but I suppose it must be," said I. "When do we start?"

"You are not coming."

"Then you are not going," said I. "I give you my word of honour-and I never broke it in my life-that I will take a cab straight to the police-station and give you away, unless you let me share this adventure with you."

"You can't help me."

"How do you know that? You can't tell what may happen. Anyway, my resolution is taken. Other people besides you have self-respect, and even reputations."

3월 6일 너도밤나무집(1892)

"자료! 자료! 자료가 없어! 나라고 진흙 없이 벽돌을 만들 순 없다고."
홈즈가 안절부절못하며 외쳤다.

MARCH 6 The Adventure of the Copper Beeches(1892)

"Data! data! data!" he cried impatiently. "I can't make bricks without clay."

3월 7일 **얼룩 띠의 비밀**(1892)

날씨는 더없이 화창했다. 눈부시게 태양이 빛나고 하늘에는 양털 구름
이 넘실거렸다. 숲과 길가의 나무들이 초록빛을 띠기 시작했고, 대기
에 촉촉하고 상쾌한 흙냄새가 가득했다. 싱그러운 봄기운 속에서 우리
앞에 닥친 불길한 사건을 떠올리니 묘한 이질감이 들었다.

MARCH 7 **The Adventure of the Speckled Band**(1892)

It was a perfect day, with a bright sun and a few fleecy clouds in the
heavens. The trees and wayside hedges were just throwing out their
first green shoots, and the air was full of the pleasant smell of the
moist earth. To me at least there was a strange contrast between the
sweet promise of the spring and this sinister quest upon which we
were engaged.

3월 8일 **네 개의 서명**(1890)

"요새 현장 수사하러 나갈 일은 없나?"

"없네. 그러니 코카인을 하는 거지. 난 두뇌 활동 없이는 못 살아. 그게 없다면 무엇을 위해 살아야 한단 말인가? 여기 창문 앞으로 와 보게. 정말이지 지루하고 암울하고 공허한 세상이 아닌가? 길가를 휘저으며 어두컴컴한 집들을 뒤덮는 저 누런 안개 좀 보게나. 이보다 더 따분하고 무미건조할 수 있겠는가? 이봐, 왓슨. 내게 능력이 있다 한들 무슨 의미가 있나? 발휘할 기회가 없는데. 범죄도 진부하고 일상도 진부해. 하늘 아래 모조리 진부한 것들뿐이네."

MARCH 8 **The Sign of Four**(1890)

"May I ask whether you have any professional inquiry on foot at present?"

"None. Hence the cocaine. I cannot live without brainwork. What else is there to live for? Stand at the window here. Was ever such a dreary, dismal, unprofitable world? See how the yellow fog swirls down the street and drifts across the dun-coloured houses. What could be more hopelessly prosaic and material? What is the use of having powers, Doctor, when one has no field upon which to exert them? Crime is commonplace, existence is commonplace, and no qualities save those which are commonplace have any function upon earth."

3월 9일 **주홍색 연구**(1887)

닥치는 대로 읽는 독서가치고 정밀한 지식을 습득한 사람은 드물지 않은가. 타당한 이유도 없으면서 사소한 문제를 끈질기게 파고드는 이는 없을 것이다.

MARCH 9 **A Study in Scarlet**(1887)

Desultory readers are seldom remarkable for the exactness of their learning. No man burdens his mind with small matters unless he has some very good reason for doing so.

3월 10일 **신랑의 정체**(1891)

"시력도 좋지 않으신데 타자를 치기 힘들지 않나요?" 홈즈가 물었다.

"처음엔 힘들었죠. 하지만 이제는 자판을 보지 않고도 글자를 칠 수 있어요. 어디서 제 이야기를 들으셨군요, 홈즈 씨! 그게 아니라면 어떻게 아셨죠?" 그녀가 대답했다. 그녀는 홈즈가 하는 말이 무슨 뜻인지를 불쑥 깨닫고는 화들짝 놀랐다. 그녀의 큼직하고 사람 좋아 보이는 얼굴에 두려움과 놀라움이 스치고 지나갔다.

"걱정하지 마세요. 그런 걸 알아내는 게 제가 하는 일이니까요." 홈즈가 웃으면서 대꾸했다.

MARCH 10 A Case of Identity(1891)

"Do you not find," he said, "that with your short sight it is a little trying to do so much typewriting?"

"I did at first," she answered, "but now I know where the letters are without looking." Then, suddenly realizing the full purport of his words, she gave a violent start, and looked up with fear and astonishment upon her broad, good-humoured face. "You've heard about me, Mr. Holmes," she cried, "else how could you know all that?"

"Never mind," said Holmes, laughing; "it is my business to know things."

3월 11일 보스콤 계곡의 비밀(1891)

"명백한 사실보다 더 의심스러운 건 없다네."

MARCH 11 The Boscombe Valley Mystery(1891)

"There is nothing more deceptive than an obvious fact."

3월 12일 **그리스어 통역관**(1893)

"자네도 알겠지만 런던에는 남들과 어울리기 싫어하는 사람이 아주 많아. 낯을 가려서 그런 사람도 있고, 인간이 싫어서 그런 사람도 있지. 하지만 그들이라고 안락한 의자에 앉아 잡지 최신 호를 보는 것까지 꺼리지는 않아. 디오게네스 클럽은 이들을 위해 생겨났고, 지금은 마을에서 가장 사교성이 떨어지는 사람들을 회원으로 두고 있지. 클럽 회원들은 다른 회원에게 말을 붙일 수 없게 되어 있어. 손님방에서 말고는 어떤 상황에서도 대화할 수 없지. 이 규칙을 세 번 어기고 위원회에 보고되면 클럽에서 제명될 수도 있어. 우리 형이 창립 멤버 중 한 명이라 그런지 나도 거기 가면 무척 편안하다네."

MARCH 12 **The Greek Interpreter**(1893)

"There are many men in London, you know, who, some from shyness, some from misanthropy, have no wish for the company of their fellows. Yet they are not averse to comfortable chairs and the latest periodicals. It is for the convenience of these that
the Diogenes Club was started, and it now contains the most unsociable and unclubbable men in town. No member is permitted to take the least notice of any other one. Save in the Stranger's Room, no talking is, under any circumstances, allowed, and three
offenses, if brought to the notice of the committee, render the talker liable to expulsion. My brother was one of the founders, and I have myself found it a very soothing atmosphere."

3월 13일 프란시스 카팍스 여사의 실종(1911)

"자넨 전에 없이 성실하게 조사에 임했어, 왓슨. 지금으로서는 자네가 무슨 실수를 한 건지 잘 기억나지 않는군. 전반적으로 자네의 조사는 사방에 경고를 발하는 효과를 냈네. 그런 데다 아무것도 알아내지 못 했지."

MARCH 13 The Disappearance of Lady Frances Carfax(1911)

"And a singularly consistent investigation you have made, my dear Watson," said he. "I cannot at the moment recall any possible blunder which you have omitted. The total effect of your proceeding has been to give the alarm everywhere and yet to discover nothing."

3월 14일 **악마의 발**(1910)

우리는 의사나 경찰보다 먼저 도착해서 아무것도 흐트러진 것이 없었
다. 안개 낀 3월 아침 우리가 본 현장을 정확히 설명해 보겠다. 그 장면
은 내 뇌리에 결코 지울 수 없는 강렬한 인상을 남겼다.

MARCH 14 **The Adventure of the Devil's Foot**(1910)

We had arrived before the doctor or the police, so that everything was
absolutely undisturbed. Let me describe exactly the scene as we saw it
upon that misty March morning. It has left an impression which can
never be effaced from my mind.

103

3월 15일 붉은 원(1911)

홈즈는 아첨에, 정확히 말하면 친절에 유독 약했다.

MARCH 15 The Adventure of the Red Circle(1911)

Holmes was accessible upon the side of flattery, and also, to do him justice, upon the side of kindliness.

3월 16일 **악마의 발**(1910)

3월 16일 화요일, 우리의 작은 응접실로 두 남자가 불쑥 들이닥쳤다. 우리가 막 아침 식사를 마치고 황무지로 산책을 나갈 준비를 하며 담배를 피우고 있을 때였다.

"홈즈 씨, 간밤에 무척 기이하고 비극적인 사건이 터졌습니다. 난생 처음 접하는 사건이에요. 이런 때 마침 여기에 홈즈 씨가 계신 게 신의 섭리 같다는 생각이 듭니다. 영국 전체를 통틀어 우리가 유일하게 필요로 하는 사람이 홈즈 씨니까요." 목사가 격앙된 목소리로 말했다.

MARCH 16 The Adventure of the Devil's Foot(1910)

These were the two men who entered abruptly into our little sitting-room on Tuesday, March the 16th, shortly after our breakfast hour, as we were smoking

together, preparatory to our daily excursion upon the moors.

"Mr. Holmes," said the vicar in an agitated voice, "the most extraordinary and tragic affair has occurred during the night. It is the most unheard-of business. We can only regard it as a special Providence that you should chance to be here at the time, for in all England you are the one man we need."

3월 17일 **보스콤 계곡의 비밀**(1891)

"그렇다면 이건 뭐지? 하, 하! 이게 뭐지? 발끝으로 걸은 자국이야. 발끝! 신발코가 네모난 아주 독특한 장화군! 이쪽으로 왔다 가고, 다시 왔어. 외투를 찾으러 온 거겠지."

MARCH 17 **The Boscombe Valley Mystery**(1891)

"And this? Ha, ha! What have we here? Tip-toes! tip-toes! Square, too, quite unusual boots! They come, they go, they come again-of course that was for the cloak."

106

3월 18일 **붉은 원**(1911)

그는 런던의 여러 신문에 나오는 고민 상담란을 빠짐없이 철해 둔 두 툼한 스크랩북을 꺼냈다. "맙소사! 신음과 아우성과 푸념이 넘쳐 나는 군. 특이한 사건들이 넘쳐 나! 하지만 색다른 것을 연구하는 사람에게 는 더할 나위 없이 귀중한 사냥터지." 홈즈가 페이지를 넘기며 말했다.

MARCH 18 **The Adventure of the Red Circle**(1911)

He took down the great book in which, day by day, he filed the agony columns of the various London journals. "Dear me!" said he, turning over the pages, "what a chorus of groans, cries, and bleatings! What a rag-bag of singular happenings! But surely the most valuable hunting-ground that ever was given to a student of the unusual!"

3월 19일 **빈집의 모험**(1903)

"슬픔을 잊기에 일만큼 좋은 게 없지, 왓슨."

MARCH 19 **The Adventure of the Empty House**(1903)

"Work is the best antidote to sorrow, my dear Watson."

3월 20일 보헤미아 왕국의 스캔들(1891)

어느 날 밤, 그러니까 1888년 3월 20일 밤, 나는 왕진을 마치고 집으로 돌아오면서 베이커 스트리트를 지나가게 되었다(당시 나는 개업의로 일하고 있었다). 익숙한 문 앞을 지나다 보니 아내에게 청혼한 일과《주홍색 연구》에 얽힌 암울한 사건이 떠올랐고, 홈즈가 무척 보고싶어졌다. 그가 자신의 비범한 능력을 어떻게 발휘하고 있는지도 새삼궁금했다. 하숙집을 올려다보니 홈즈의 방 창문에 환하게 불이 들어와 있고, 커튼 뒤로 길쭉하고 호리호리한 홈즈의 그림자가 방 안을 오가는 모습이 보였다. 그는 고개를 푹 숙이고 뒷짐을 진 채 빠른 걸음으로 방 안을 서성거리고 있었다. 그의 성향과 버릇을 속속들이 아는 나로서는 자세나 분위기만 봐도 그가 어떤 상태인지 알 수 있었다. 홈즈가 다시 일을 시작한 것이 틀림없었다. 약물이 빚어내는 몽환 상태에서 빠져나와 새로운 사건에 열중하게 된 것이다.

MARCH 20 A Scandal in Bohemia(1891)

One night-it was on the twentieth of March, 1888-I was returning from a journey to a patient (for I had now returned to civil practice), when my way led me through Baker Street. As I passed the well-remembered door, which must always be associated in my mind with my wooing, and with the dark incidents of the Study in Scarlet, I was seized with a keen desire to see Holmes again, and to know how he was employing his extraordinary powers. His rooms were brilliantly lit, and, even as I looked up, I saw his tall, spare figure pass twice in a dark silhouette against the blind. He was pacing the room swiftly, eagerly, with his head sunk upon his chest and his hands clasped behind him. To me, who knew his every mood and habit, his attitude and manner told their own story. He was at work again. He had risen out of his drug-created dreams and was hot upon the scent of some new problem.

3월 21일 **실종된 스리쿼터백**(1904)

"그럼 이제 누구에게 전보를 보냈는지 알아내면 되겠군." 내가 넌지시 말했다.

"그렇지, 왓슨. 좋은 생각이긴 한데 그건 나도 벌써 생각해 봤네."

MARCH 21 **The Adventure of the Missing Three-Quarter**(1904)

"We have only to find to whom that telegram is addressed," I suggested.

"Exactly, my dear Watson. Your reflection, though profound, had already crossed my mind."

111

3월 22일 **빨간 머리 연맹**(1891)

내 친구는 열정적인 음악가였다. 연주 실력이 뛰어날 뿐 아니라 작곡가로서도 훌륭했다. 그날 오후 내내 홈즈는 1층 특별석에 앉아 더 없는 행복감에 휩싸인 채 음악에 맞추어 길고 가는 손가락을 부드럽게 흔들었다. 온화한 미소를 머금은 얼굴과 꿈꾸는 듯한 나른한 눈빛은 홈즈의 것이 아닌 것 같았다. 명석한 두뇌와 재빠른 순발력으로 사냥개처럼 범죄자를 쫓던 탐정 홈즈의 모습은 온데간데없었다.

홈즈라는 한 사람 안에 내재된 두 가지 면모는 번갈아 가며 모습을 드러냈다. 나는 이따금씩 홈즈의 치밀하고 빈틈없는 면모가 그를 사로잡는 시적이고 사색적인 성향에 대한 반작용이라는 생각이 들었다. 홈즈는 깊은 무기력에 빠져 있다가 갑자기 기운이 넘치곤 했다. 며칠 동안 안락의자에 앉아 빈둥거리면서 즉흥 연주를 하거나 흑자체 활자본을 들여다볼 때처럼 그가 심상찮게 보일 때는 없다. 그러다가 갑자기 사건 해결에 대한 열정이 치솟아 추리력이 직관의 수준까지 이르기 때문이다. 홈즈의 추리 방식에 익숙하지 않은 사람들은 다른 사람이 알지 못하는 것을 알아내는 그의 능력에 불신의 눈초리를 던질 정도다.

MARCH 22 **The Red-Headed League**(1891)

My friend was an enthusiastic musician, being himself not only a very capable performer but a composer of no ordinary merit. All the afternoon he sat in the stalls wrapped in the most perfect happiness, gently waving his long, thin fingers in time to the music, while his gently smiling face and his languid, dreamy eyes were as unlike those of Holmes, the sleuth-hound, Holmes the relentless, keen-witted, ready-handed criminal agent, as it was possible to conceive. In his singular character the dual nature alternately asserted itself, and his extreme exactness and astuteness represented, as I have often thought, the reaction against the poetic and contemplative

mood which occasionally predominated in him. The swing of his nature took him from extreme languor to devouring energy; and, as I knew well, he was never so truly formidable as when, for days on end, he had been lounging in his armchair amid his improvisations and his black-letter editions. Then it was that the lust of the chase would suddenly come upon him, and that his brilliant reasoning power would rise to the level of intuition, until those who were unacquainted with his methods would look askance at him as on a man whose knowledge was not that of other mortals.

3월 23일 **토르 다리의 문제**(1922)

"홈즈 선생, 오늘 아침 당신은 큰 실수를 한 거요. 난 당신보다 더 강한 사람도 무너뜨려 왔으니까. 내 뜻을 거스르고 잘된 사람은 없소."

"그런 말을 하는 사람들을 많이 봤습니다. 하지만 저는 달라요." 홈즈가 미소를 지으면서 말했다.

MARCH 23 **The Problem of Thor Bridge**(1922)

"You've done yourself no good this morning, Mr. Holmes, for I have broken stronger men than you. No man ever crossed me and was the better for it."

"So many have said so, and yet here I am," said Holmes, smiling.

3월 24일 보스콤 계곡의 비밀(1891)

음흉하고 교활한 족제비처럼 생겼으며 비쩍 마른 남자가 승강장에서 우리를 기다리고 있었다. 시골 풍경에 걸맞게 연갈색 더스트코트를 입고 가죽 각반을 차고 있었지만 나는 그가 런던 경찰청의 레스트레이드 경위라는 것을 금세 알아볼 수 있었다.

MARCH 24 The Boscombe Valley Mystery(1891)

A lean, ferret-like man, furtive and sly-looking, was waiting for us upon the platform. In spite of the light brown dustcoat and leather leggings which he wore in deference to his rustic surroundings, I had no difficulty in recognizing Lestrade, of Scotland Yard.

3월 25일 **춤추는 사람** (1903)

"만든 사람이 있으면 푸는 사람도 있는 법이지."

MARCH 25 The Adventure of the Dancing Men (1903)

"What one man can invent another can discover."

3월 26일 프라이어리 학교(1904)

"물론 교활한 사람이라면 엉뚱한 자국을 남기기 위해 자기 자전거 타이어를 바꿀 수도 있겠지. 그런 생각까지 할 수 있는 범죄자라면 내가 자랑스럽게 상대해 줄 만하네."

MARCH 26 The Adventure of the Priory School(1904)

"Well, well," said he, at last. "It is, of course, possible that a cunning man might change the tyres of his bicycle in order to leave unfamiliar tracks. A criminal who was capable of such a thought is a man whom I should be proud to do business with."

3월 27일 **등나무 집**(1908)

공책에 적은 기록을 보니 그날은 1892년 3월 말로 접어들 무렵의 쌀쌀하고 바람이 거센 날이었다. 우리가 점심 식사를 하고 있을 때 홈즈에게 전보가 왔고, 그는 그 자리에서 답장을 했다. 그는 아무 말도 하지 않았지만 전보 생각을 계속 하고 있는 것 같았다. 식후에 파이프 담배를 물고 심각한 얼굴로 난로 앞에 서서 이따금 전보에 눈길을 던졌던 것이다. 그러다 갑자기 심술궂게 눈을 반짝이며 나를 돌아보았다.

MARCH 27 **The Adventure of Wisteria Lodge**(1908)

I find it recorded in my notebook that it was a bleak and windy day towards the end of March in the year 1892. Holmes had received a telegram while we sat at our lunch, and he had scribbled a reply. He made no remark, but the matter remained in his thoughts, for he stood in front of the fire afterwards with a thoughtful face, smoking his pipe, and casting an occasional glance at the message. Suddenly he turned upon me with a mischievous twinkle in his eyes.

3월 28일 **두 번째 얼룩**(1904)

그날, 그 다음 날, 다음다음 날까지도 홈즈는 그의 친구들이 무뚝뚝하다거나 침울하다고 할 만한 상태였다. 그는 뛰다시피 나갔다 들어왔다 했고, 줄담배를 피워 댔고, 잠깐씩 바이올린을 연주했다. 깊은 사색에 빠지는가 하면 야심한 시각에 샌드위치를 허겁지겁 먹어 치웠고, 무슨 질문을 던져도 대답하지 않았다. 조사 과정이 순조롭게 풀리지 않는 게 분명했다.

MARCH 28 **The Adventure of the Second Stain**(1904)

All that day and the next and the next Holmes was in a mood which his friends would call taciturn, and others morose. He ran out and ran in, smoked incessantly, played snatches on his violin, sank into reveries, devoured sandwiches at irregular hours, and hardly answered the casual questions which I put to him. It was evident to me that things were not going well with him or his quest.

3월 29일 **마자랭의 다이아몬드**(1921)

"나도 바쁜 사람이라 마냥 시간을 낭비할 수는 없소. 이제 저 침실에 들어가 있겠소. 내가 없어도 부디 마음 편히 있기 바라오. 내가 없으니 내 눈치 보지 않고 친구에게 상황이 어떻게 된 건지 설명할 수 있겠지. 난 바이올린으로 호프만의 뱃노래나 연주할 거요. 5분 뒤 돌아와 마지막 대답을 듣도록 하겠소. 체포당할 건지 보석을 넘길 건지 둘 중 하나를 택해야 한다는 건 알았겠죠. 그렇지 않소?"

MARCH 29 **The Adventure of the Mazarin Stone**(1921)

"I'm a busy man and I can't waste time. I'm going into that bedroom. Pray make yourselves quite at home in my absence. You can explain to your friend how the matter lies without the restraint of my presence. I shall try over the Hoffmann 'Barcarole' upon my violin. In five minutes I shall return for your final answer. You quite grasp the alternative, do you not?"

3월 30일 다섯 개의 오렌지 씨앗(1891)

"오늘 밤에는 더는 할 말도 없고 할 일도 없으니 내게 바이올린을 건네주게. 30분 동안만이라도 이 우중충한 날씨와 끔찍한 인간들 생각은 하지 말자고."

MARCH 30 The Five Orange Pips(1891)

"There is nothing more to be said or to be done to-night, so hand me over my violin and let us try to forget for half an hour the miserable weather, and the still more miserable ways of our fellow men."

3월 31일 **빨간 머리 연맹**(1891)

"왓슨, 이제 우리 일은 끝났으니 즐길 시간이네. 샌드위치와 커피라도 먹고 나서 바이올린의 세상으로 떠나 보세. 그곳은 모든 것이 감미롭고 섬세하고 조화롭지. 빨간 머리 의뢰인이 복잡한 문제를 들고 우릴 찾아와 골치 아프게 하는 일도 없고 말이야."

MARCH 31 **The Red-Headed League**(1891)

"And now, Doctor, we've done our work, so it's time we had some play. A sandwich and a cup of coffee, and then off to violin-land, where all is sweetness and delicacy and harmony, and there are no red-headed clients to vex us with their conundrums."

APRIL

4월

4월

화창한 봄날이었다. 하늘은 맑고 푸르렀고, 서쪽에서 동쪽으로 하얀 뭉게구름이 흘러가고 있었다. 햇살은 밝게 빛났지만, 상쾌하고 서늘한 공기가 정신을 번쩍 차리게 했다. 앨더숏 마을을 둘러싼 완만한 언덕까지 시골 풍경이 펼쳐져 있었다. 새로 돋아난 연초록 잎사귀 사이로 빨간색과 회색의 작은 농가 지붕들이 삐죽 솟아 있었다.

"정말 상쾌하고 아름답지 않나?" 안개 낀 베이커 스트리트에서 갓 벗어난 사람답게 내가 열정적으로 외쳤다. 하지만 홈즈는 걱정스럽다는 듯 고개를 가로저었다.

"이봐, 왓슨, 나 같은 사람은 무엇을 봐도 내가 하는 일과 연관 지어 생각하는 저주를 받았다네. 자넨 여기저기 흩어진 집을 보면서 그 아름다움에 감동을 받지. 하지만 나는 저런 집들을 보면 서로 멀리 떨어져 있으니 완전 범죄가 가능하겠다는 생각밖에 들지 않네."

너도밤나무집(1892)

APRIL

It was an ideal spring day, a light blue sky, flecked with little fleecy white clouds drifting across from west to east. The sun was shining very brightly, and yet there was an exhilarating nip in the air, which set an edge to a man's energy. All over the countryside, away to the rolling hills around Aldershot, the little red and grey roofs of the farm-steadings peeped out from amid the light green of the new foliage.

"Are they not fresh and beautiful?" I cried with all the enthusiasm of a man fresh from the fogs of Baker Street.

But Holmes shook his head gravely.

"Do you know, Watson," said he, "that it is one of the curses of a mind with a turn like mine that I must look at everything with reference to my own special subject. You look at these scattered houses, and you are impressed by their beauty. I look at them, and the only thought which comes to me is a feeling of their isolation, and of the impunity with which crime may be committed there."

The Adventure of the Copper Beeches (1892)

4월 1일 수마트라의 거대한 쥐

"그건 기본 중의 기본이지, 왓슨."

APRIL 1 The Giant Rat of Sumatra

"Elementary, my dear Watson."

4월 2일 다섯 개의 오렌지 씨앗(1891)

"왜 제게 오신 겁니까? 아니, 그것보다, 왜 곧바로 오지 않았습니까?"
홈즈가 외쳤다.

APRIL 2 The Five Orange Pips(1891)

"Why did you come to me," he cried, "and, above all, why did you
not come at once?"

4월 3일 얼룩 띠의 비밀(1892)

1883년 4월 초였다. 어느 날 아침, 잠에서 깨어 보니 셜록 홈즈가 벌써 옷을 갈아입고 내 침대 옆에 서 있었다. 그는 대체로 늦게 일어나는 편이었는데, 난로 위의 시계를 보니 겨우 7시 15분이었다. 깜짝 놀란 나는 그를 올려다보며 눈을 깜빡거렸다. 약간 짜증이 나기도 했다. 나는 언제나 정해진 시간에 일어나기 때문이었다.

APRIL 3 The Adventure of the Speckled Band(1892)

It was early in April in the year '83 that I woke one morning to find Sherlock Holmes standing, fully dressed, by the side of my bed. He was a late riser as a rule, and as the clock on the mantelpiece showed me that it was only a quarter-past seven, I blinked up at him in some surprise, and perhaps just a little resentment, for I was myself regular in my habits.

4월 4일 보헤미아 왕국의 스캔들(1891)

"그런데 왓슨, 자네가 날 좀 도와줬으면 하네."

"얼마든지."

"법을 어기는 일이라도 괜찮겠나?"

"괜찮고말고."

"체포될 수도 있는데?"

"명분만 확실하다면야."

"명분이야 틀림없지."

"그렇다면 돕겠네."

"그럴 줄 알았네."

APRIL 4 A Scandal in Bohemia(1891)

"By the way, Doctor, I shall want your co-operation."

"I shall be delighted."

"You don't mind breaking the law?"

"Not in the least."

"Nor running a chance of arrest?"

"Not in a good cause."

"Oh, the cause is excellent!"

"Then I am your man."

"I was sure that I might rely on you."

4월 5일 해군 조약문(1893)

"그가 이 사건을 해결할 수 있다고 생각하는 것 같아?"

"아무 말도 하지 않았어."

"불길한 조짐이군."

"그 반댈세. 홈즈는 일이 잘 풀리지 않을 때는 내게 솔직히 그렇다고 말하지. 그가 별말 없을 때는 실마리를 찾았을 때라네. 아직 확실하지 않아서 말을 안 하는 거야."

APRIL 5 The Naval Treaty(1893)

"Do you think he expects to make a success of it?"

"He has said nothing."

"That is a bad sign."

"On the contrary. I have noticed that when he is off the trail he generally says so. It is when he is on a scent and is not quite absolutely sure yet that it is the right one that he is most taciturn."

4월 6일 증권 거래소 직원(1893)

"설명을 해 주면 밑지는 것 같은 기분이 든다네. 근거는 밝히지 않고
결론만 알려 주는 편이 훨씬 더 인상적이지." 그가 말했다.

APRIL 6 The Stock-Broker's Clerk(1893)

"I am afraid that I rather give myself away when I explain," said he.
"Results without causes are much more impressive."

4월 7일 **마자랭의 다이아몬드**(1921)

"오늘 밤 무슨 일이 생길 것 같네."

"무슨 일이?"

"살인 말일세, 왓슨"

"아니, 설마, 농담이겠지, 홈즈!"

"내가 아무리 재치가 없어도 그런 농담을 하겠나? 하지만 우린 잠깐 동안은 마음 편히 있어도 될 거야. 그렇지 않은가?"

APRIL 7 **The Adventure of the Mazarin Stone**(1921)

"I'm expecting something this evening."

"Expecting what?"

"To be murdered, Watson."

"No, no, you are joking, Holmes!"

"Even my limited sense of humour could evolve a better joke than that. But we may be comfortable in the meantime, may we not?"

4월 8일 얼룩 띠의 비밀(1892)

"감사하게도 허드슨 부인이 우릴 생각해서 벽난로에 불을 피워 두셨군요. 불 가까이 앉으세요. 추워서 떨고 계신 걸 보니 따뜻한 커피라도 한 잔 갖다달라고 해야겠네요."

"추워서 떨고 있는 게 아니에요." 여자가 홈즈의 말대로 자리를 바꿔 앉으며 낮은 목소리로 말했다.

"그럼 왜 그러시죠?"

"무서워서 그래요, 홈즈 선생님. 너무 겁이 나서요."

APRIL 8 The Adventure of the Speckled Band(1892)

"I am glad to see that Mrs. Hudson has had the good sense to light the fire. Pray draw up to it, and I shall order you a cup of hot coffee, for I observe that you are shivering."

"It is not cold which makes me shiver," said the woman in a low voice, changing her seat as requested.

"What, then?"

"It is fear, Mr. Holmes. It is terror."

4월 9일 **주홍색 연구**(1887)

"가보리오의 작품은 읽어 보셨습니까? 홈즈 씨 생각에 르콕 탐정은 어떻습니까?" 내가 물었다.

"르콕은 형편없는 강도였습니다. 한 가지 봐 줄 만한 점이라고는 그의 의욕뿐입니다. 그 책을 읽으면서 정말 화가 나더군요. 문제는 죄수들 중에 어떻게 범인을 찾아내느냐는 것이었죠. 저라면 24시간 내에 문제를 해결했을 겁니다. 그런데 르콕은 여섯 달이나 걸렸습니다. 탐정들에게 해서는 안 될 일에 대해 가르쳐 주는 교본은 될 수 있겠네요." 홈즈는 차갑게 코웃음을 쳤다. 그러고는 성난 목소리로 말했다.

APRIL 9 A Study in Scarlet(1887)

"Have you read Gaboriau's works?" I asked. "Does Lecoq come up to your idea of a detective?"

Sherlock Holmes sniffed sardonically. "Lecoq was a miserable bungler," he said, in an angry voice; "he had only one thing to recommend him, and that was his energy. That book made me positively ill. The question was how to identify an unknown prisoner. I could have done it in twenty-four hours. Lecoq took six months or so. It might be made a text-book for detectives to teach them what to avoid."

4월 10일 **라이기트의 수수께끼**(1893)

"우리가 찾고 있던 게 여기 있었군." 그는 조금 구깃구깃해진 종이를 들어 올렸다.

"편지의 나머지 부분이군요!" 경위가 외쳤다.

"바로 그겁니다."

"어디에 있었습니까?"

"제가 있을 거라고 확신하던 곳에요."

APRIL 10 **The Reigate Suires**(1893)

"But this is what we really wanted." He held up a little crumpled piece of paper.

"The remainder of the sheet!" cried the inspector.

"Precisely."

"And where was it?"

"Where I was sure it must be."

The Daily Sherlock Holmes

4월 11일 빈사의 탐정(1913)

고귀한 정신이 스러져 가는 모습을 보는 것처럼 안타까운 일도 없다.

APRIL 11 The Adventure of the Dying Detective(1913)

Of all ruins, that of a noble mind is the most deplorable.

4월 12일 브루스파팅턴호 설계도(1908)

"런던의 범죄자들은 죄다 멍청한 놈들이야. 여기 창문 밖 좀 내다보게, 왓슨. 사람들이 어렴풋이 나타나서 희미하게 보이다가 또다시 구름 같은 안개 속으로 사라져 버리잖나. 도둑이나 살인자라면 호랑이가 정글 속을 돌아다니듯 모습을 감춘 채 런던을 돌아다니기 딱 좋은 날이야. 모습이 드러나는 건 목표물에 달려드는 그 순간뿐이지."

"사소한 절도 사건은 제법 되지 않나."

홈즈는 가소롭다는 듯 콧방귀를 뀌었다.

"이 거대하고 음울한 무대는 그보다는 훨씬 더 대단한 범죄를 위한 거야. 내가 범죄자가 되지 않은 게 런던에는 천만다행이지." 그가 말했다.

APRIL 12 The Adventure of the Bruce-Partington Plans(1908)

"The London criminal is certainly a dull fellow," said he in the querulous voice of the sportsman whose game has failed him. "Look out of this window, Watson. See how the figures loom up, are dimly seen, and then blend once more into the cloud-bank .The

thief or the murderer could roam London on such a day as the tiger does the jungle, unseen until he pounces, and then evident only to his victim."

"There have," said I, "been numerous petty thefts."

Holmes snorted his contempt.

"This great and sombre stage is set for something more worthy than that," said he. "It is fortunate for this community that I am not a criminal."

4월 13일 **공포의 계곡** (1915)

"그래, 홈즈, 뭐 좀 알아냈나?" 내가 나지막이 물었다.

홈즈는 손에 양초를 들고 내 옆에 말없이 서 있었다. 잠시 뒤 그는 훤칠하고 마른 몸을 내 쪽으로 구부리고 속삭였다.

"왓슨, 자네라면 미치광이나 치매 환자, 정신이 오락가락하는 바보 천치와 한 방에서 자는 게 싫겠나?"

"아니, 전혀." 나는 어리둥절해하며 대답했다.

"그것 참 다행이군." 홈즈가 말했다. 그날 밤 그가 한 말은 이것이 전부였다.

APRIL 13 **The Valley of Fear** (1915)

"Well, Holmes," I murmured, "have you found anything out?"

He stood beside me in silence, his candle in his hand. Then the tall, lean figure inclined towards me. "I say, Watson," he whispered, "would you be afraid to sleep in the same room with a lunatic, a man with softening of the brain, an idiot whose mind has lost its grip?"

"Not in the least," I answered in astonishment.

"Ah, that's lucky," he said, and not another word would he utter that night.

4월 14일 라이기트의 수수께끼(1893)

노트를 찾아보니 내가 프랑스의 리옹에서 보낸 전보를 받은 날은 4월 14일이었다. 홈즈가 듀롱 호텔에 몸져누워 있다는 내용이었다. 나는 전보를 받고 24시간이 지나기 전에 그가 있는 곳으로 달려갔는데, 상태가 위중하지 않다는 사실을 확인하고 마음이 놓였다. 두 달 동안 계속된 수사는 그토록 튼튼하던 그의 몸도 쇠약하게 만들었다. 두 달 사이에 그는 하루에 적어도 15시간은 일했고, 닷새 동안 밤새 잠도 안 자고 일한 날도 한두 번이 아니었다고 했다. 고생 끝에 성공적인 결과가 나오기는 했지만 너무 전력투구한 탓인지 좀처럼 회복되지 않았다. 당시 전 유럽에 셜록 홈즈의 이름이 알려져 그의 방에 발목까지 잠길 정도로 축전이 높이 쌓였지만 그는 깊은 무기력에 빠져 있었다. 세 나라의 경찰이 실패한 일을 해결했고, 유럽에서 가장 악명 높은 사기꾼을 모든 면에서 앞질렀다는 것을 알고 있었음에도 그는 신경 쇠약에서 벗어나지 못했다.

APRIL 14 The Reigate Squires(1893)

On referring to my notes I see that it was upon the fourteenth of April that I received a telegram from Lyons which informed me that Holmes was lying ill in the Hotel Dulong. Within twenty-four hours I was in his sick-room and was relieved to find that there was nothing formidable in his symptoms. Even his iron constitution, however, had broken down under the strain of an investigation which had extended over two months, during which period he had never worked less than fifteen hours a day and had more than once, as he assured me, kept to his task for five days at a stretch. Even the triumphant issue of his labours could not save him from reaction after so terrible an exertion, and at a time when Europe was ringing with his name and when his room was literally ankle-deep with congratulatory telegrams I found him a prey to the blackest depression. Even the knowledge that he had succeeded where the police of three countries had failed, and that he had outmanoeuvred at every point the most accomplished swindler in Europe, was insufficient to rouse him from his nervous prostration.

4월 15일 **바스커빌 가문의 개**(1902)

"마지막으로 하나만 더 묻겠네, 홈즈. 자네와 나 사이에 더는 비밀이
없어도 될 테니까. 이 모든 일은 어떤 의미지? 그가 원하는 게 뭔가?"
나는 자리에서 일어나며 물었다.

홈즈는 착 가라앉은 목소리로 대답했다.

"살인일세, 왓슨. 치밀하게 계획된 무자비한 살인."

APRIL 15 **The Hound of the Baskervilles**(1902)

"One last question, Holmes," I said as I rose. "Surely there is no need
of secrecy between you and me. What is the meaning of it all? What
is he after?"

Holmes's voice sank as he answered:

"It is murder, Watson—refined, cold-blooded, deliberate murder."

4월 16일 **네 개의 서명**(1890)

그리니치에 이르렀을 때 두 배 사이의 간격은 300*m* 정도였다. 블랙웰을 지날 때도 250*m* 이하로는 줄어들지 않았다. 이제껏 파란만장한 인생을 살아오며 수많은 나라에서 온갖 동물을 쫓아다녔지만, 엄청난 속도로 템스강을 달리며 범인을 추격하는 지금처럼 짜릿한 흥분을 느껴본 적은 없었다.

APRIL 16 **The Sign of Four**(1890)

At Greenwich we were about three hundred paces behind them. At Blackwall we could not have been more than two hundred and fifty. I have coursed many creatures in many countries during my checkered career, but never did sport give me such a wild thrill as this mad, flying man-hunt down the Thames.

4월 17일 노우드의 건축업자(1903)

"제가 반드시 알고 있어야 하는 것처럼 성함을 말씀하셨는데요. 그쪽이 독신자고 사무 변호사이며 프리메이슨 회원이고 천식이 있다는 분명한 사실 말고 다른 건 모르겠군요."

나는 내 친구의 방식에 익숙해져 있기 때문에 그가 어떻게 추리했는지 이해하기가 그리 어렵지 않았다. 단정하지 못한 옷차림과, 법률 문서 한 뭉치, 회중 시곗줄, 가쁘게 숨을 몰아쉬는 모습이 그 증거였다. 하지만 우리의 의뢰인은 놀라서 눈이 휘둥그레졌다.

APRIL 17 The Adventure of the Norwood Builder(1903)

"You mentioned your name, as if I should recognise it, but I assure you that, beyond the obvious facts that you are a bachelor, a solicitor, a Freemason, and an asthmatic, I know nothing whatever about you." Familiar as I was with my friend's methods, it was not difficult for me to follow his deductions, and to observe the untidiness of attire, the sheaf of legal papers, the watch-charm, and the breathing which had prompted them. Our client, however, stared in amazement.

4월 18일 **공포의 계곡**(1915)

평범한 사람은 자기보다 뛰어난 사람을 알아보지 못하지만 재능이 있
는 사람은 그 자리에서 천재를 알아보는 법이다.

APRIL 18 **The Valley of Fear**(1915)

Mediocrity knows nothing higher than itself; but talent instantly rec-
ognizes genius.

4월 19일 **두 번째 얼룩**(1904)

"이렇게 대담한 게임을 할 수 있는 자들은 셋뿐이야. 오버스타인과 라 로티에르, 에두아르도 루카스지. 세 사람 다 만나 봐야겠어."

"고돌프 스트리트의 에두아르도 루카스 말인가?"

나는 조간신문을 힐끔 쳐다보았다.

"그렇다네."

"못 만날 거야."

"왜지?"

"엊저녁에 집에서 살해당했으니까."

우리가 모험에 나설 때면 내 친구는 번번이 나를 깜짝 놀라게 했다. 그런데 지금은 내가 그를 까무러칠 듯이 놀라게 했다는 사실을 깨닫자 나는 무척 기분이 좋아졌다.

APRIL 19 **The Adventure of the Second Stain**(1904)

"There are only those three capable of playing so bold a game–there are Oberstein, La Rothière, and Eduardo Lucas. I will see each of them."

I glanced at my morning paper.

"Is that Eduardo Lucas of Godolphin Street?"

"Yes."

"You will not see him."

"Why not?"

"He was murdered in his house last night."

My friend has so often astonished me in the course of our adventures that it was with a sense of exultation that I realized how completely I had astonished him.

4월 20일 **붉은 원**(1911)

"자넨 어떻게 생각하나, 왓슨?"

"암호문이야, 홈즈."

내 친구는 순간 무엇을 알아냈는지 느닷없이 웃음을 터트렸다.

"암호긴 한데 그리 어렵진 않네, 왓슨. 이건 이탈리아어일세."

APRIL 20 The Adventure of the Red Circle(1911)

"What do you make of it, Watson?"

"A cipher message, Holmes."

My companion gave a sudden chuckle of comprehension. "And not a very obscure cipher, Watson," said he. "Why, of course, it is Italian!"

4월 21일 **바스커빌 가문의 개**(1902)

"기괴망측한 사건일수록 더 조심스럽게 접근해야 하지. 사건을 복잡하게 만드는 요소를 충분히 검토하고 과학적으로 분석하면 사건을 해결할 열쇠가 될 때가 많다네."

APRIL 21 **The Hound of the Baskervilles**(1902)

"The more outré and grotesque an incident is the more carefully it deserves to be examined, and the very point which appears to complicate a case is, when duly considered and scientifically handled, the one which is most likely to elucidate it."

4월 22일 **기어 다니는 남자의 비밀**(1923)

"자네, 뻔뻔하게 이런 일을 할 수 있겠나?"

"노력하는 수밖에."

"아주 좋아, 왓슨! 부지런한 꿀벌 이야기와 '더 높이'라는 구호를 합친 것 같군. 노력하는 수밖에. 이게 우리의 좌우명일세."

APRIL 22 **The Adventure of the Creeping Man**(1923)

"Have you the effrontery necessary to put it through?"

"We can but try."

"Excellent, Watson! Compound of the Busy Bee and Excelsior. We can but try-the motto of the firm."

4월 23일 **바스커빌 가문의 개**(1902)

내게 뱀같이 교활한 지혜가 생긴 것이 틀림없다. 모티머가 불쾌한 수준까지 질문의 강도를 높여 오자 슬쩍 프랭클랜드의 두개골이 어떤 유형에 속하는지 물었기 때문이다. 그 다음부터 모티머는 마차를 타고 오는 내내 골상학에 대해서만 떠들어 댔다. 나는 셜록 홈즈와 괜히 오랜 시간을 알고 지낸 것이 아니었다.

APRIL 23 **The Hound of the Baskervilles**(1902)

I am certainly developing the wisdom of the serpent, for when Mortimer pressed his questions to an inconvenient extent I asked him casually to what type Frankland's skull belonged, and so heard nothing but craniology for the rest of our drive. I have not lived for years with Sherlock Holmes for nothing.

4월 24일 **마지막 사건**(1893)

"왓슨, 자넨 날 잘 알잖아. 난 결코 겁이 많은 인간이 아닐세. 더군다나
곧 닥칠 위험을 인정하지 않는 것은 용감한 게 아니라 멍청한 거라네."

APRIL 24 **The Final Problem**(1893)

"I think that you know me well enough, Watson, to understand that I
am by no means a nervous man. At the same time, it is stupidity rather than courage to refuse to recognize danger when it is close upon
you."

4월 25일 소포 상자(1893)

"인간의 이목구비는 감정을 드러내는 수단일세. 자네의 이목구비는 충
실한 하인 같지."

APRIL 25 **The Cardboard Box**(1893)

"The features are given to man as the means by which he shall express
his emotions, and yours are faithful servants."

4월 26일 **입술 뒤틀린 사나이**(1891)

"자네에게는 침묵할 줄 아는 놀라운 재능이 있어, 왓슨. 길동무로서 그
보다 값진 미덕은 없지." 그가 말했다.

APRIL 26 **The Man with the Twisted Lip**(1891)

"You have a grand gift of silence, Watson," said he.
"It makes you quite invaluable as a companion."

4월 27일 빈사의 탐정(1913)

나는 홈즈의 탁월한 자질을 높이 샀기 때문에 이해할 수 없는 일이라
도 항상 그의 뜻에 따랐다. 하지만 이번만큼은 의사로서의 본능이 깨
어났다. 다른 일이라면 그가 시키는 대로 하겠지만 병실에서는 그가
의사인 내 말을 따라야 했다.

APRIL 27 The Adventure of the Dying Detective(1913)

I have so deep a respect for the extraordinary qualities of Holmes that
I have always deferred to his wishes, even when I least understood
them. But now all my professional instincts were aroused. Let him be
my master elsewhere, I at least was his in a sick room.

4월 28일 **소포 상자**(1893)

"얼마 전에 내가 자네에게 에드거 앨런 포의 단편 한 구절을 읽어 준 걸 기억하겠지. 면밀하게 추론하는 자는 친구가 말하지 않은 생각까지 읽는다고 한 구절 말이야. 자넨 그걸 저자의 놀라운 상상력 정도로 취급했어. 내가 줄곧 버릇처럼 자네 생각을 읽는다고 해도 못 믿겠다고 했지."

"아니, 난 그런 말한 적 없네."

"입으로는 말 안 했지. 하지만 눈썹으론 분명 했다고."

APRIL 28 **The Cardboard Box**(1893)

"You remember," said he, "that some little time ago when I read you the passage in one of Poe's sketches in which a close reasoner follows the unspoken thoughts of his companion, you were inclined to treat the matter as a mere tour-de-force of the author. On my remarking that I was constantly in the habit of doing the same thing you expressed incredulity."

"Oh, no!"

"Perhaps not with your tongue, my dear Watson, but certainly with your eyebrows."

4월 29일 빈집의 모험(1903)

"세상에는 일정 높이까지는 잘 자라다가 느닷없이 흉측한 모양으로 바뀌는 나무들이 있다네, 왓슨. 이런 성향은 가끔 사람들에게도 나타나지. 내가 보기에 개인은 성장해 가면서 조상이 밟아 온 모든 과정을 재현하는 것 같네. 나는 그 사람의 혈통에 강한 영향을 미친 뭔가가 있어서 악인이나 선인으로 갑자기 돌변하게 된다는 이론을 세웠지. 그러니까 개인은 자기 가족사를 반영하는 축도라고도 할 수 있지."

"상당히 기발한데."

"음, 꼭 내 의견이 옳다고는 하지 않겠네."

APRIL 29 The Adventure of the Empty House(1903)

"There are some trees, Watson, which grow to a certain height, and then suddenly develop some unsightly eccentricity. You will see it often in humans. I have a theory that the individual represents in his development the whole procession of his ancestors, and that such a sudden turn to good or evil stands for some strong influence which came into the line of his pedigree. The person becomes, as it were, the epitome of the history of his own family."

"It is surely rather fanciful."

"Well, I don't insist upon it."

4월 30일 **입술 뒤틀린 사나이**(1891)

"홈즈 씨, 덕분에 문제가 해결됐으니 큰 신세를 졌습니다. 그런데 어떻게 이런 결론을 내리셨는지 알고 싶습니다만."

"베개 다섯 개를 깔고 앉아 새그 담배 30g 정도를 피운 덕분이죠. 왓슨, 지금 베이커 스트리트로 가면 아침 식사 시간에 맞출 수 있겠군." 내 친구가 말했다.

APRIL 30 **The Man with the Twisted Lip**(1891)

"I am sure, Mr. Holmes, that we are very much indebted to you for having cleared the matter up. I wish I knew how you reach your results."

"I reached this one," said my friend, "by sitting upon five pillows and consuming an ounce of shag. I think, Watson, that if we drive to Baker Street we shall just be in time for breakfast."

MAY

5월

5월

밤에 비가 오더니 아침에는 활짝 개었다. 히스로 뒤덮인 언덕에 노란 가시금작화 덤불이 활짝 피어 있어 런던의 우중충한 암갈색과 회색에 지쳐 있던 우리의 눈에 더없이 아름답게 보였다. 홈즈와 나는 상쾌한 아침 공기를 들이마시며 모래가 깔린 널찍한 길을 걸었다. 우리는 새들의 노래를 음미하며 상큼한 봄의 숨결을 들이켰다.

자전거 타는 사람(1903)

MAY

A rainy night had been followed by a glorious morning, and the heath-covered countryside, with the glowing clumps of flowering gorse, seemed all the more beautiful to eyes which were weary of the duns and drabs and slate greys of London. Holmes and I walked along the broad, sandy road inhaling the fresh morning air and rejoicing in the music of the birds and the fresh breath of the spring.

The Adventure of the Solitary Cyclist (1903)

5월 1일 신랑의 정체 (1891)

"제가 사건을 조사해 보겠습니다. 확실한 결과를 얻을 수 있을 겁니다.
이제 이 일은 제게 맡기시고 더는 신경 쓰지 마세요."
홈즈가 자리에서 일어나며 말했다.

MAY 1 A Case of Identity (1891)

"I shall glance into the case for you," said Holmes, rising, "and I have
no doubt that we shall reach some definite result. Let the weight of
the matter rest upon me now, and do not let your mind dwell upon it
further."

5월 2일 **얼룩 띠의 비밀**(1892)

"홈즈 씨는 인간 내면의 깊숙한 곳에 숨겨진 사악함을 꿰뚫어 보신다고 들었어요. 홈즈 씨라면 절 둘러싼 위험을 어떻게 헤쳐 나갈지 알려 주시겠죠."

MAY 2 **The Adventure of the Speckled Band**(1892)

"But I have heard, Mr. Holmes, that you can see deeply into the manifold wickedness of the human heart. You may advise me how to walk amid the dangers which encompass me."

5월 3일 **마지막 사건**(1893)

우리가 마이링겐이라는 작은 마을에 도착한 때는 5월 3일이었다. 우리
는 나이가 지긋한 페터 스타일러가 운영하는 영국식 호텔에 여장을 풀
었다. 호텔 주인은 제법 똑똑한 사람이었고, 런던의 그로브너 호텔에
서 3년 동안 일한 적이 있어서 영어 실력도 유창했다. 4일 오후, 우리
는 주인의 권유로 길을 나섰다. 산 너머에 있는 로젠라우이의 촌락에
서 하룻밤 머물 셈이었다. 그런데 호텔 주인은 산 중턱에 있는 라이헨
바흐 폭포 쪽으로 갈 생각은 하지 말라고 신신당부했다. 폭포를 구경
하려면 길을 좀 돌아서 가야 한다고 했다.

MAY 3 The Final Problem(1893)

It was on the third of May that we reached the little village of Meirin-
gen, where we put up at the Englischer Hof, then kept by Peter Steiler
the elder. Our landlord was an intelligent man and spoke excellent
English, having served for three years as waiter at the Grosvenor Ho-
tel in London. At his advice, on the afternoon of the fourth we set
off together, with the intention of crossing the hills and spend ing the
night at the hamlet of Rosenlaui. We had strict injunctions, however,
on no account to pass the falls of Reichenbach, which are about half-
way up the hills, without making a small detour to see them.

5월 4일 **마지막 사건**(1893)

뒤를 돌아보니 팔짱을 낀 채 바위에 기대서서 휘몰아치는 폭포를 내려다보는 홈즈가 보였다. 이것이 내가 이 세상에서 마지막으로 본 홈즈의 모습이었다.

MAY 4 **The Final Problem**(1893)

As I turned away, I saw Holmes, with his back against a rock and his arms folded, gazing down at the rush of the waters. It was the last that I was ever destined to see of him in this world.

5월 5일 빈집의 모험(1903)

"교수가 사라진 순간 뜻밖의 행운이 찾아왔다는 걸 깨달았어. 내 목숨을 노리는 사람이 모리어티만이 아니라는 사실은 알고 있었지. 그들의 우두머리를 죽였다는 사실만으로도 내게 복수하고 싶어 할 사람이 셋은 넘었으니까. 다들 위험하기 짝이 없는 녀석들이고, 그들 중 하나는 날 잡을 게 틀림없었어. 그런데 온 세상 사람들이 다 내가 죽은 줄 알면 녀석들도 마음을 놓을 테지. 그러면 녀석들이 방심한 틈을 타 내가 그들을 해치울 수 있을 거라고 생각했네. 그리고 나서 내가 아직 살아 있다고 세상에 알릴 생각이었어. 인간의 두뇌는 얼마나 빨리 움직이던지 모리어티 교수가 라이헨바흐 폭포에 떨어지는 순간 이 모든 생각을 떠올렸다네."

MAY 5 The Adventure of the Empty House(1903)

"The instant that the Professor had disappeared, it struck me what a really extraordinarily lucky chance Fate had placed in my way. I knew that Moriarty was not the only man who had sworn my death. There were at least three others whose desire for vengeance upon me would only be increased by the death of their leader. They were all most dangerous men. One or other would certainly get me. On the other hand, if all the world was convinced that I was dead they would take liberties, these men, they would soon lay themselves open, and sooner or later I could destroy them. Then it would be time for me to announce that I was still in the land of the living. So rapidly does the brain act that I believe I had thought this all out before Professor Moriarty had reached the bottom of the Reichenbach Fall."

5월 6일 노란 얼굴(1893)

"파이프 담배는 가끔 아주 흥미롭지. 시계와 구두끈을 제외하면 이거 보다 주인의 개성을 더 잘 드러내는 물건도 없어." 그가 말했다.

MAY 6 The Yellow Face(1893)

"Pipes are occasionally of extraordinary interest," said he. "Nothing has more individuality, save perhaps watches and bootlaces."

5월 7일 찰스 오거스터스 밀버턴(1904)

"우린 몇 년 동안 같은 방을 썼으니 같은 감방에서 생을 마감해도 괜찮겠군."

MAY 7 The Adventure of Charles Augustus Milverton(1904)

"We have shared this same room for some years, and it would be amusing if we ended by sharing the same cell."

5월 8일 붉은 원(1911)

영국 경찰은 지적인 면에서는 믿음직스럽지 못할지 몰라도 용기만큼
은 참 놀라웠다. 그렉슨 경위는 흉악무도한 살인범을 잡으러 갈 때도
런던 경찰국의 계단을 오를 때처럼 침착하고 재빠르게 계단을 올랐다.
핀커튼 사무소의 탐정이 그를 앞지르려 했지만 경위는 단호히 그를 밀
쳐 냈다. 런던의 위험인물은 런던 경찰에게 우선권이 있는 것이다.

MAY 8 The Adventure of the Red Circle(1911)

Our official detectives may blunder in the matter of intelligence,
but never in that of courage. Gregson climbed the stair to arrest this
desperate murderer with the same absolutely quiet and businesslike
bearing with which he would have ascended the official staircase of
Scotland Yard. The Pinkerton man had tried to push past him, but
Gregson had firmly elbowed him back. London dangers were the
privilege of the London force.

5월 9일 너도밤나무집(1892)

"이건 경험에서 비롯된 확신인데, 런던의 지저분한 뒷골목에서보다 이렇게 한가롭고 아름다운 시골에서 훨씬 더 끔찍한 범죄가 일어나는 법일세, 왓슨."

MAY 9 The Adventure of the Copper Beeches(1892)

"It is my belief, Watson, founded upon my experience, that the lowest and vilest alleys in London do not present a more dreadful record of sin than does the smiling and beautiful countryside."

5월 10일 푸른 카벙글의 모험(1892)

"어떤 단서로 모자의 주인을 찾을 생각인가?"

"추측할 수 있는 데까지 해 보는 수밖에 없지."

"모자만으로?"

"물론이지."

MAY 10 The Adventure of the Blue Carbuncle(1892)

"Then, what clue could you have as to his identity?"

"Only as much as we can deduce."

"From his hat?"

"Precisely."

5월 11일 신랑의 정체(1891)

"장담하건대 평범한 것만큼 부자연스러운 것도 없지."

MAY 11 A Case of Identity(1891)

"Depend upon it, there is nothing so unnatural as the commonplace."

5월 12일 **노란 얼굴**(1893)

셜록 홈즈는 운동 자체를 위해 운동하는 일이 거의 없었다. 하지만 그보다 근력이 좋은 사람은 많지 않았다. 지금까지 본 바로는 홈즈는 분명 자신의 체급에서 가장 실력이 좋은 권투 선수 중 한 명이다. 하지만 그는 아무 목적 없는 운동을 시간 낭비로 보았고, 탐정이라는 직업에 필요한 경우를 제외하고는 좀처럼 몸을 움직이려 하지도 않았다. 일을 할 때만큼은 그는 지치지 않고 포기를 모르는 사람이었다.

평소에 운동을 하지 않으면서도 좋은 컨디션을 유지한다는 사실이 놀라웠다. 그는 대체로 식사를 간단히 했으며, 일상생활도 엄격하다 싶을 정도로 소박했다. 가끔 코카인을 복용하는 것을 빼면 나쁜 습관 같은 것도 없었다. 그것도 사건이 거의 없고 신문마저 지루할 때 무미건조함을 타파하려는 방편에 지나지 않았다.

MAY 12 **The Yellow Face**(1893)

Sherlock Holmes was a man who seldom took exercise for exercise's sake. Few men were capable of greater muscular effort, and he was undoubtedly one of the finest boxers of his weight that I have ever seen; but he looked upon aimless bodily exertion as a waste of energy, and he seldom bestirred himself save where there was some professional object to be served. Then he was absolutely untiring and indefatigable. That he should have kept himself in training under such circumstances is remarkable, but his diet was usually of the sparest, and his habits were simple to the verge of austerity. Save for the occasional use of cocaine, he had no vices, and he only turned to the drug as a protest against the monotony of existence when cases were scanty and the papers uninteresting.

5월 13일 보헤미아 왕국의 스캔들(1891)

내 친구의 손에 들어온 사건의 성격과는 별개로, 상황을 완벽하게 파악하는 그의 능력과 예리하고 치밀한 추리는 타의 추종을 불허했다. 나로서는 그가 일하는 방식을 연구하고, 가장 어려운 수수께끼를 빠르고 명쾌하게 풀어 나가는 솜씨를 지켜보는 자체가 큰 즐거움이었다. 나는 홈즈가 언제든 거침없이 사건을 해결하는 데 너무 익숙해진 터라 그가 실패할 수도 있다는 생각은 꿈에도 하지 못했다.

MAY 13 A Scandal in Bohemia(1891)

Indeed, apart from the nature of the investigation which my friend had on hand, there was something in his masterly grasp of a situation, and his keen, incisive reasoning, which made it a pleasure to me to study his system of work, and to follow the quick, subtle methods by which he disentangled the most inextricable mysteries. So accustomed was I to his invariable success that the very possibility of his failing had ceased to enter into my head.

5월 14일 프란시스 카팍스 여사의 실종(1911)

"나는 웬만하면 영국을 떠나지 않는 게 좋아. 내가 없으면 런던 경찰국
이 쓸쓸해할 테고, 범죄자들이 활개를 칠 테니까 말이야."

MAY 14 The Disappearance of Lady Frances Carfax(1911)

"Besides, on general principles it is best that I should not leave the
country. Scotland Yard feels lonely without me, and it causes an un-
healthy excitement among the criminal classes."

5월 15일 **공포의 계곡**(1915)

"놀랍군요! 정말 대단해요! 이렇게 독특한 사건은 지금까지 본 적이 없습니다." 이야기가 다 끝나자 그가 외쳤다.

"그렇게 말씀하실 줄 알았습니다, 홈즈 선생님. 서섹스도 그렇게 시대에 뒤처지지 않았다니까요." 화이트 메이슨이 반색하며 말했다.

MAY 15 **The Valley of Fear**(1915)

"Remarkable!" he said, when the story was unfolded, "most remarkable! I can hardly recall any case where the features have been more peculiar."

"I thought you would say so, Mr. Holmes," said

White Mason in great delight. "We're well up with the times in Sussex."

5월 16일 바스커빌 가문의 개(1902)

"중요한 건 내가 다 지적했다고 생각하는데?"

"안타깝지만 왓슨, 자네가 내린 결론은 대부분 결함투성이라네. 솔직히 말해 자네에게 자극을 받는다고 했던 건 자네의 오류에 주목하는 과정에서 가끔 진실로 가는 길을 찾을 수 있다는 뜻이었어."

MAY 16 The Hound of the Baskervilles(1902)

"I trust that there is nothing of consequence which I have overlooked?"

"I am afraid, my dear Watson, that most of your conclusions were erroneous. When I said that you stimulated me I meant, to be frank, that in noting your fallacies I was occasionally guided towards the truth."

5월 17일 **푸른 카벙글의 모험**(1892)

"그렇다면 자네가 이 모자를 보고 무엇을 추론했는지 말해 주겠나?"
그는 모자를 들어 올리고 특유의 자기 성찰적인 방식으로 살펴보았다.
그가 말했다. "생각보다 알아낼 수 있는 게 많지 않을 것 같군. 하지만
아주 뚜렷한 특징 몇 가지를 추리할 수 있겠고, 가능성이 높아 보이는
특징도 몇 가지 있네. 우선 모자의 주인은 대단히 지적인 사람이 틀림
없네. 3년 전에는 제법 잘 살았지만 지금은 불우한 상황에 처하게 되
겠지. 조심성이 많은 편이었지만 그것도 이제는 예전 같지 않군. 정신
적으로 타락했다는 뜻이지. 가세가 기울면서 안 좋은 영향을 받은 것
같은데, 아마 음주에 빠졌겠지. 남편에 대한 부인의 애정이 식은 이유
도 그래서일 테고."

"맙소사, 홈즈!"

MAY 17 The Adventure of the Blue Carbuncle(1892)

"Then, pray tell me what it is that you can infer from this hat?"
He picked it up and gazed at it in the peculiar introspective fashion which
was characteristic of him. "It is perhaps less suggestive than it might
have been," he remarked, "and yet there are a few inferences which are
very distinct, and a few others which represent at least a strong balance
of probability. That the man was highly intellectual is of course obvious
upon the face of it, and also that he was fairly well-to- do within the last
three years, although he has now fallen upon evil days. He had foresight,
but has less now than formerly, pointing to a moral retrogression, which,
when taken with the decline of his fortunes, seems to indicate some evil
influence, probably drink, at work upon him. This may account also for

the obvious fact that his wife has ceased to love him."

"My dear Holmes!"

5월 18일 **얼룩 띠의 비밀**(1892)

"그런데 밤에는 보통 방문을 잠그는 편입니까?" 홈즈가 물었다.

"언제나요."

"왜죠?"

"아까도 말씀드렸지만 의붓아버지가 치타와 개코원숭이를 키우시거든요. 문을 잠그지 않으면 불안해서요."

"그랬군요."

MAY 18 **The Adventure of the Speckled Band**(1892)

"Indeed," said Holmes. "Was it your custom always to lock yourselves in at night?"

"Always."

"And why?"

"I think that I mentioned to you that the doctor kept a cheetah and a baboon. We had no feeling of security unless our doors were locked."

"Quite so."

5월 19일 기어 다니는 남자의 비밀(1923)

"개는 같이 사는 가족을 닮게 마련이지. 우울한 가정에서 활기찬 개를 보거나, 화목한 가정에서 축 처진 강아지를 본 적이 있나? 사나운 주인 옆에 사나운 개가 있고, 위험한 주인 옆에 위험한 개가 있는 법이지."

MAY 19 The Adventure of the Creeping Man(1923)

"A dog reflects the family life. Whoever saw a frisky dog in a gloomy family, or a sad dog in a happy one? Snarling people have snarling dogs, dangerous people have dangerous ones."

5월 20일 **바스커빌 가문의 개**(1902)

"그럼 개는?"

"이 지팡이를 물고 주인 뒤를 따라다니는 습관이 있네. 지팡이가 무겁기 때문에 개가 가운데 부분을 꽉 물어야 하지. 여기 개의 이빨 자국이 선명하게 보여. 이빨 자국 사이에 있는 공간을 보면 이 개의 입은 테리어 치고는 너무 크고, 마스티프라고 하기에는 좀 작군. 그렇다면, 어이쿠, 털북숭이 스파니엘이겠어." 그는 말을 하다가 자리에서 일어나 방을 돌아다녔다. 그러고는 창가에서 멈추었다. 그의 목소리가 확신에 차 있어 나는 놀라서 그를 올려다보았다.

"여보게, 어떻게 그렇게 자신 있게 말할 수 있지?"

"그거야 이 개가 우리 집 계단 위를 오르는 모습을 보고 있기 때문이지."

MAY 20 **The Hound of the Baskervilles**(1902)

"And the dog?"

"Has been in the habit of carrying this stick behind his master. Being a heavy stick the dog has held it tightly by the middle, and the marks of his teeth are very plainly visible. The dog's jaw, as shown in the space between these marks, is too broad in my opinion for a terrier and not broad enough for a mastiff. It may have been—yes, by Jove, it is a curly-haired spaniel." He had risen and paced the room as he spoke. Now he halted in the recess of the window. There was such a ring of conviction in his voice that I glanced up in surprise.

"My dear fellow, how can you possibly be so sure of that?"

"For the very simple reason that I see the dog himself on our very door-step."

5월 21일 네 개의 서명(1890)

"마차를 타고 올 때 토비를 데려오게나."

"개 말인가?"

"맞아. 특이한 잡종견인데 후각이 놀랄 만큼 뛰어나지. 난 런던 경찰 전체의 도움을 받느니 차라리 토비의 힘을 빌릴 걸세."

MAY 21 The Sign of Four(1890)

"You will bring Toby back in the cab with you."

"A dog, I suppose."

"Yes, a queer mongrel with a most amazing power of scent. I would rather have Toby's help than that of the whole detective force of London.

5월 22일 **실버 블레이즈**(1892)

"제가 주목해야 할 점이 더 있습니까?"

"네. 그날 밤 개가 보인 이상한 행동입니다."

"그날 밤 개는 전혀 짖지 않았는데요."

"그게 바로 이상한 행동이죠." 셜록 홈즈가 대꾸했다.

MAY 22 **Silver Blaze**(1892)

"Is there any point to which you would wish to draw my attention?"

"To the curious incident of the dog in the night-time."

"The dog did nothing in the night-time."

"That was the curious incident," remarked Sherlock Holmes.

5월 23일 **실종된 스리쿼터백**(1904)

"사람 자체가 악질인지 주인이 시켜서 그랬는지는 모르지만 무례하게
도 내 앞에 개를 풀어놓지 뭔가. 그래도 개든 사람이든 내 지팡이를 싫
어해서 별일은 없었다네. 그 사건 이후 나와 마부 사이가 악화되는 바
람에 더는 조사할 수 없게 되었지."

MAY 23 **The Adventure of the Missing Three-Quarter**(1904)

"I do not know whether it came from his own innate depravity or
from the promptings of his master, but he was rude enough to set a
dog at me. Neither dog nor man liked the look of my stick, however,
and the matter fell through. Relations were strained after that, and
further inquiries out of the question."

5월 24일 찰스 오거스터스 밀버턴(1904)

나는 금고를 여는 일이 그의 특별한 취미라는 사실을 알고 있었다. 그래서 지금까지 수많은 숙녀들의 명예를 집어삼킨 용, 다시 말해 이 녹색과 금색을 띤 괴물과 맞서는 것이 홈즈에게 얼마나 즐거운 일인지 이해할 수 있었다.

MAY 24 The Adventure of Charles Augustus Milverton(1904)

I knew that the opening of safes was a particular hobby with him, and I understood the joy which it gave him to be confronted with this green and gold monster, the dragon which held in its maw the reputations of many fair ladies.

5월 25일 주홍색 연구(1887)

"이미 말씀드렸지만 평범하지 않은 것은 사건에 방해가 되는 게 아니라 오히려 도움이 됩니다. 이런 종류의 문제를 푸는 데 있어서 중요한 것은 거꾸로 추리할 수 있는 능력입니다. 이건 아주 유용하고 쉬운데도 사람들은 별로 연습하지 않죠. 일상생활에서는 순차적으로 생각하는 것이 더 유리하기 때문에 거꾸로 뒤집어서 생각하는 방식을 소홀히 여기기 쉽습니다. 종합적으로 사고할 수 있는 사람 쉰 명이 있다면 분석적으로 사고할 수 있는 사람은 한 명밖에 없는 셈이죠."

MAY 25 A Study in Scarlet(1887)

"I have already explained to you that what is out of the common is usually a guide rather than a hindrance. In solving a problem of this sort, the grand thing is to be able to reason backward. That is a very useful accomplishment, and a very easy one, but people do not practise it much. In the everyday affairs of life it is more useful to reason forward, and so the other comes to be neglected. There are fifty who can reason synthetically for one who can reason analytically."

5월 26일 **얼룩 띠의 비밀**(1892)

"제가 동생을 향해 몸을 구부리자 그 애가 갑자기 소리를 질렀어요. 그 목소리를 평생 잊을 수 없을 거예요. '세상에! 언니! 그건 띠였어! 얼룩 띠!'"

MAY 26 **The Adventure of the Speckled Band**(1892)

"As I bent over her she suddenly shrieked out in a voice which I shall never forget, 'Oh, my God! Helen! It was the band! The speckled band!'"

5월 27일 **네 개의 서명**(1890)

"꼭 선생님 앞에 선 학생처럼 말하는군." 내가 말했다.

"그가 내 도움을 너무 높이 평가하긴 해. 그 친구 본인도 상당히 재능이 뛰어나지. 그에게는 이상적인 형사에게 필요한 세 가지 자질 중 두 가지가 있어. 관찰력과 추리력이 탁월하니까. 단 하나 부족한 건 지식인데 그건 시간이 흐르면 차차 해결되겠지." 셜록 홈즈가 명랑하게 말했다.

MAY 27 **The Sign of Four**(1890)

"He speaks as a pupil to his master," said I.

"Oh, he rates my assistance too highly," said Sherlock Holmes lightly. "He has considerable gifts himself. He possesses two out of the three qualities necessary for the ideal detective. He has the power of observation and that of deduction. He is only wanting in knowledge, and that may come in time."

5월 28일 **바스커빌 가문의 개**(1902)

"내 눈은 얼굴을 장식하는 수염이나 모자가 아니라 얼굴 자체를 살피도록 훈련되어 있네. 변장을 간파하는 능력이야말로 탐정이 갖추어야 할 첫 번째 자질이지."

MAY 28 The Hound of the Baskervilles(1902)

"My eyes have been trained to examine faces and not their trimmings. It is the first quality of a criminal investigator that he should see through a disguise."

5월 29일 토르 다리의 문제(1922)

연구를 즐기는 학생에게는 해답이 없는 문제가 흥미로울지도 모르지만 평범한 독자는 짜증스러워할 것이 분명하다.

MAY 29 The Problem of Thor Bridge(1922)

A problem without a solution may interest the student, but can hardly fail to annoy the casual reader.

5월 30일 주홍색 연구(1887)

"어떻습니까, 사건 전체가 깨진 데나 어긋난 데 없는 논리적 연쇄로 연결되어 있죠?"

내가 외쳤다. "정말 놀라워요! 당신의 활약상은 널리 알려져야 합니다. 사건의 진상을 공개해야 해요. 당신이 하지 않는다면 제가 하겠습니다."

"원한다면 그렇게 하십시오, 박사님." 홈즈가 대답했다.

MAY 30 A Study in Scarlet(1887)

"You see, the whole thing is a chain of logical sequences without a break or flaw."

"It is wonderful!" I cried. "Your merits should be publicly recognized. You should publish an account of the case. If you won't, I will for you."

"You may do what you like, Doctor," he answered.

5월 31일 **두 번째 얼룩**(1904)

"홈즈 씨, 당신은 마법사군요! 이게 거기 있다는 걸 어떻게 아셨죠?"
"다른 곳에 없다는 걸 알았으니까요."

MAY 31 **The Adventure of the Second Stain**(1904)

"Mr. Holmes, you are a wizard, a sorcerer! How did you know it was there?"
"Because I knew it was nowhere else."

JUNE

6월

6월

"아침 공기가 참 상쾌하군! 저기 작은 구름 좀 보게. 꼭 거대한 홍학의 분홍 깃털처럼 떠돌아다니지 않나? 짙은 구름이 긴 런던 하늘 위로 붉은 태양의 가장자리가 보이고 있어. 태양은 수많은 사람을 비추지만 장담하건대 그들 중에 자네와 나처럼 기이한 사건에 얽혀 있는 사람도 없을 걸세. 자연의 위대한 힘 앞에 인간의 사소한 야망과 노력은 얼마나 하찮게 느껴지는지!"

네 개의 서명(1890)

194

JUNE

"How sweet the morning air is! See how that one little cloud floats like a pink feather from some gigantic flamingo. Now the red rim of the sun pushes itself over the London cloud-bank. It shines on a good many folk, but on none, I dare bet, who are on a stranger errand than you and I. How small we feel with our petty ambitions and strivings in the presence of the great elemental forces of Nature!"

The Sign of Four (1890)

6월 1일 **악마의 발**(1910)

"그러고 나서 당신은 목사관으로 가서 밖에서 잠시 기다리다가 집으로 돌아갔습니다."

"그걸 어떻게 알았죠?"

"당신 뒤를 밟았으니까요."

"아무도 못 봤는데요."

"뒤를 밟고 있는데 당신이 보면 안 되죠."

JUNE 1 **The Adventure of the Devil's Foot**(1910)

"You then went to the vicarage, waited outside it for some time, and finally returned to your cottage."

"How do you know that?"

"I followed you."

"I saw no one."

"That is what you may expect to see when I follow you."

6월 2일 **얼룩 띠의 비밀**(1892)

"전 동생이 죽은 방으로 옮겼고, 동생이 쓰던 침대에서 자야 했어요. 지난밤에 제가 얼마나 무서웠을지 생각해 보세요. 침대에 누워 동생의 비참한 운명을 생각하니 잠을 이룰 수가 없었죠. 그때 갑자기 한밤의 정적을 깨고 동생의 죽음을 예고했던 나지막한 휘파람 소리가 들려왔어요."

JUNE 2 The Adventure of the Speckled Band(1892)

"I have had to move into the chamber in which my sister died, and to sleep in the very bed in which she slept. Imagine, then, my thrill of terror when last night, as I lay awake, thinking over her terrible fate, I suddenly heard in the silence of the night the low whistle which had been the herald of her own death."

6월 3일 보스콤 계곡의 비밀(1891)

"6월 3일, 그러니까 지난 월요일 오후 3시경에 매카시는 헤리퍼드셔에 있는 집을 떠나 보스콤 호수로 걸어갔어. 그 호수는 보스콤 계곡에서 흘러내린 시냇물이 모여서 만들어졌지. 매카시는 아침에 하인과 함께 로스에 나갔다가, 3시에 중요한 약속이 있어 서둘러서 돌아가야 한다고 했다더군. 그러고는 약속 장소에서 살아 돌아오지 못한 거지."

JUNE 3 The Boscombe Valley Mystery(1891)

"On June 3, that is, on Monday last, McCarthy left his house at Hatherley about three in the afternoon and walked down to the Boscombe Pool, which is a small lake formed by the spreading out of the stream which runs down the Boscombe Valley. He had been out with his serving-man in the morning at Ross, and he had told the man that he must hurry, as he had an appointment of importance to keep at three. From that appointment he never came back alive."

6월 4일 **신랑의 정체**(1891)

"맹세컨대, 왓슨, 자넨 놀라운 실력을 발휘했네. 아주 잘했어. 중요한 걸 모두 놓치긴 했지만 요령은 터득했군. 색깔을 구별하는 능력도 뛰어나고. 하지만 전체적인 인상만 보지 말고 구체적인 세부 사항에 집중해야 해."

JUNE 4 **A Case of Identity**(1891)

"Pon my word, Watson, you are coming along wonderfully. You have really done very well indeed. It is true that you have missed everything of importance, but you have hit upon the method, and you have a quick eye for colour. Never trust to general impressions, my boy, but concentrate yourself upon details."

6월 5일 빈집의 모험(1903)

"아! 레스트레이드, 당신이군요." 홈즈가 물었다.

"네, 홈즈 씨. 제가 이번 일을 맡았습니다. 런던에서 다시 만나서 반갑습니다."

"당신에게 비공식적인 도움이 필요할 것 같다고 생각했습니다. 1년 동안 미해결 살인 사건이 세 건이나 되어선 안 되죠, 레스트레이드. 하지만 몰세이 사건은 당신답지 않게…… 그러니까 제법 잘 처리했다는 말입니다."

JUNE 5 The Adventure of the Empty House(1903)

"That you, Lestrade?" said Holmes.

"Yes, Mr. Holmes. I took the job myself. It's good to see you back in London, sir."

"I think you want a little unofficial help. Three undetected murders in one year won't do, Lestrade. But you handled the Molesey Mystery with less than your usual–that's to say, you handled it fairly well."

6월 6일 **귀족독신남**(1892)

"이건 귀족이 보낸 편지 같군. 내 기억이 정확하다면 자네는 오늘 아침
생선 장수와 세관 감시원에게 편지를 받았을 텐데."
"맞아. 내게 오는 편지는 개성이 다양하다는 게 매력이지."

JUNE 6 **The Adventure of the Noble Bachelor**(1892)

"Here is a very fashionable epistle," I remarked as he entered. "Your
morning letters, if I remember right, were from a fishmonger and a
tide waiter."
"Yes, my correspondence has certainly the charm of variety."

6월 7일 **푸른카벙글의 모험**(1892)

홈즈는 보석을 들고 불빛에 비춰 보았다. 그가 말했다. "아주 아름답군. 이 광채를 보게. 이건 물론 범죄의 핵심 표적이겠지. 모든 보석이 그렇다네. 보석은 악마가 즐겨 쓰는 미끼야. 크고 오래된 것일수록 보석의 단면 하나하나가 피로 얼룩져 있지."

JUNE 7 **The Adventure of the Blue Carbuncle**(1892)

Holmes took up the stone and held it against the light. "It's a bonny thing," said he. "Just see how it glints and sparkles. Of course it is a nucleus and focus of crime. Every good stone is. They are the devil's pet baits. In the larger and older jewels every facet may stand for a bloody deed."

6월 8일 **얼룩 띠의 비밀**(1892)

"이야기를 종합해 보자고. 밤중에 들린 휘파람 소리, 늙은 박사와 가깝게 지낸다는 집시 무리, 박사가 의붓딸들의 결혼을 막고 싶어 한다는 충분한 근거, 동생이 죽어 가며 외친 '띠'라는 말, 마지막으로 헬렌 스토너 양이 들었다는 금속성의 소리가 있지. 그 소리는 덧문을 막아 놓은 쇠창살 중 하나가 떨어지면서 난 소리일 수도 있어. 이 단서들을 따라가다 보면 수수께끼를 풀 수 있을 것 같군."

JUNE 8 The Adventure of the Speckled Band(1892)

"When you combine the ideas of whistles at night, the presence of a band of gipsies who are on intimate terms with this old Doctor, the fact that we have every reason to believe that the Doctor has an interest in preventing his stepdaughter's marriage, the dying allusion to a band, and, finally, the fact that Miss Helen Stoner heard a metallic clang, which might have been caused by one of those metal bars which secured the shutters falling back into its place, I think that there is good ground to think that the mystery may be cleared along those lines."

6월 9일 **공포의 계곡**(1915)

이 낡은 대저택에서 300년이라는 시간이 흐르는 동안, 사람들이 태어나고 떠났다가 돌아왔으며, 무도회와 여우 사냥도 수없이 펼쳐졌을 것이다. 저 고색창연한 벽 너머로 이제 와서 그토록 끔찍한 음모의 그림자가 드리웠다는 것이 이상하지 않은가! 한편으로는 기이하고 뾰족하게 생긴 지붕과 예스럽게 달려 있는 박공이 우울하고 잔인한 사건에 잘 어울리는 듯했다. 벽에 깊숙이 박힌 창문과 물에 비치는 암울한 빛깔의 저택 정면을 바라보니 비극에 이처럼 어울리는 배경도 없겠다는 생각이 들었다.

JUNE 9 The Valley of Fear(1915)

Three centuries had flowed past the old Manor House, centuries of births and of homecomings, of country dances and of the meetings of fox hunters. Strange that now in its old age this dark business should have cast its shadow upon the venerable walls! And yet those strange, peaked roofs and quaint, overhung gables were a fitting covering to grim and terrible intrigue. As I looked at the deep-set windows and the long sweep of the dull-coloured, water-lapped front, I felt that no more fitting scene could be set for such a tragedy.

6월 10일 **붉은 원**(1911)

"이 성냥은 물론 궐련에 불을 붙이는 데 쓴 겁니다. 타들어 간 끝부분이 짧은 걸 보니 틀림없어요. 파이프나 시가에 불을 붙일 때는 성냥의 반이 타들어 가게 마련이니까요. 그런데 이게 뭐지? 이 담배꽁초는 좀 이상하군요. 그 사람이 턱수염과 콧수염을 길렀다고 했지요?"

"맞아요, 선생님."

"그렇다면 이해가 안 되는군요. 수염을 깨끗이 면도한 사람만이 이런 식으로 담배를 피울 텐데 말이죠. 왓슨, 이렇게 담배를 끝까지 피운다면 자네의 짧은 콧수염이라도 그을었을 걸세."

"물부리를 쓴 게 아닐까?" 내가 추측해 보았다.

"아닐세. 끝부분에 입에 문 흔적이 남아 있어."

JUNE 10 **The Adventure of the Red Circle**(1911)

"The matches have, of course, been used to light cigarettes. That is obvious from the shortness of the burnt end. Half the match is consumed in lighting a pipe or cigar. But, dear me! this cigarette stub is certainly remarkable. The gentleman was bearded and moustached, you say?"

"Yes, sir."

"I don't understand that. I should say that only a clean-shaven man could have smoked this. Why, Watson, even your modest moustache would have been singed."

"A holder?" I suggested.

"No, no; the end is matted."

6월 11일 **입술 뒤틀린 사나이**(1891)

"봉투에 주소를 쓴 편지를 사람은 누군지 몰라도 이 주소를 물어보고 쓴 겁니다."

"그걸 어떻게 아시죠?"

"받은 사람 이름이 진한 검은색 잉크로 쓰여 있습니다. 잉크가 그대로 말랐기 때문이죠. 나머지 글자는 색이 진하지 않은데 압지를 사용했기 때문입니다. 이름과 주소를 한 번에 쓴 다음 압지를 대고 눌렀다면 이렇게 진한 검은색은 남지 않았을 거예요. 이 사람은 이름을 쓰고 나서 한참 있다가 주소를 썼습니다. 주소를 잘 몰랐기 때문이겠죠. 물론 사소한 일이지만, 사소한 것들만큼 중요한 것도 없죠."

JUNE 11 **The Man with the Twisted Lip**(1891)

"I perceive also that whoever addressed the envelope had to go and inquire as to the address."

"How can you tell that?"

"The name, you see, is in perfectly black ink, which has dried itself. The rest is of the greyish colour, which shows that the blotting-paper has been used. If it had been written straight off, and then blotted, none would be of a deep black shade. This man has written the name, and there has then been a pause before he wrote the address, which can only mean that he was not familiar with it. It is, of course, a trifle, but there is nothing so important as trifles."

6월 12일 마자랭의 다이아몬드(1921)

"그런데 내 하수인들 이야기는 장담하건대 큰 착각이오."

실비어스 백작은 가소롭다는 듯 코웃음을 쳤다.

"그쪽만 눈썰미가 좋으리란 법은 없소. 어제는 운동을 좋아하는 노인
이었지. 오늘은 나이가 지긋한 여자였고. 둘이 온종일 내 앞에서 얼쩡
거리더군."

"백작, 날 이렇게 칭찬해 주다니. 도슨 남작이 교수형을 당하기 전날
밤 내게 이렇게 말했죠. 법은 인재를 얻었지만 무대는 대단한 배우를
잃었다고요. 이제는 당신이 내 변변찮은 연기를 칭찬해 주고 있군."

"그게 당신, 본인이었다고?"

홈즈는 어깨를 으쓱했다. "백작이 미행을 의심하기 전에 미노리즈 거
리에서 내게 정중하게 건넨 양산이 저쪽에 있으니 확인해 보시오."

JUNE 12 The Adventure of the Mazarin Stone(1921)

"But I assure you you are mistaken about my alleged agents."

Count Sylvius laughed contemptuously.

"Other people can observe as well as you. Yesterday there was an old
sporting man. To-day it was an elderly woman. They held me in view
all day."

"Really, sir, you compliment me. Old Baron Dowson said the night
before he was hanged that in my case what the law had gained the
stage had lost. And now you give my little impersonations your kind-
ly praise?"

"It was you—you yourself?"

Holmes shrugged his shoulders. "You can see in the corner the parasol which you so politely handed to me in the Minories before you began to suspect."

6월 13일 **빈사의 탐정**(1913)

"당신은 머리가 좋은 게 자랑이지, 홈즈. 그렇지 않나? 그리고 자신이 비상한 두뇌의 소유자라고 생각하잖아, 그렇지? 그런데 이번엔 당신보다 더 비상한 사람을 만나게 된 거야."

JUNE 13 **The Adventure of the Dying Detective**(1913)

"You are proud of your brains, Holmes, are you not? Think yourself smart, don't you? You came across someone who was smarter this time."

6월 14일 주홍색 연구(1887)

"저 사람은 아주 똑똑한 것 같군. 하지만 아주 건방지기도 해." 나는 혼자 중얼거렸다.

JUNE 14 A Study in Scarlet(1887)

"This fellow may be very clever," I said to myself, "but he is certainly very conceited."

6월 15일 입술 뒤틀린 사나이(1891)

1889년 6월 어느 날 밤, 하품을 하며 시계를 쳐다보는 시간이 될 즈음 누군가가 초인종을 눌렀다.

JUNE 15 The Man with the Twisted Lip(1891)

One night-it was in June, '89-there came a ring to my bell, about the hour when a man gives his first yawn and glances at the clock.

6월 16일 기어 다니는 남자의 비밀(1923)

"항상 손을 제일 처음 봐야 하네, 왓슨. 그 다음에 옷소매, 바지 무릎, 그리고 신발을 보는 거지."

JUNE 16 The Adventure of the Creeping Man(1923)

"Always look at the hands first, Watson. Then cuffs, trouser-knees, and boots."

6월 17일 **주홍색 연구**(1887)

"홈즈 씨를 보니 에드거 앨런 포의 뒤팽이 떠오릅니다. 소설 밖에도 실제로 그런 인물이 존재하는 줄은 몰랐네요."

셜록 홈즈는 자리에서 일어나 파이프에 불을 붙였다. 그가 천천히 말했다,

"저를 뒤팽과 비교하신 건 칭찬이겠지만 내가 보기에 뒤팽은 무척 수준 낮은 친구입니다. 15분이나 입을 꾹 다물고 있다가 그럴 듯한 말을 하여 친구들의 생각을 뒤집는 것은 겉보기에는 화려하지만 얄팍한 수법입니다. 물론 그에게 천재적인 분석 능력이 있긴 합니다. 하지만 그는 포가 머릿속에서 구상했을 경이로운 인물은 절대 아니죠."

JUNE 17 **A Study in Scarlet**(1887)

"You remind me of Edgar Allan Poe's Dupin. I had no idea that such individuals did exist outside of stories."

Sherlock Holmes rose and lit his pipe. "No doubt you think that you are complimenting me in comparing me to Dupin," he observed. "Now, in my opinion, Dupin was a very inferior fellow. That trick of his of breaking in on his friends' thoughts with an apropos remark after a quarter of an hour's silence is really very showy and superficial. He had some analytical genius, no doubt; but he was by no means such a phenomenon as Poe appeared to imagine."

6월 18일 **두 번째 얼룩**(1904)

"지난 사흘 동안 일어난 중요한 일은 딱 하나 뿐인데, 그건 바로 아무 일도 일어나지 않았다는 거야."

JUNE 18 **The Adventure of the Second Stain**(1904)

"Only one important thing has happened in the last three days, and that is that nothing has happened."

6월 19일 블랙 피터(1904)

홈즈는 모든 위대한 예술가가 그렇듯 자신의 예술을 위해 살았다. 홀더니스 공작 사건을 제외하고는, 값을 따질 수 없는 그의 노력에 대해 큰 보수를 요구한 적이 없는 것으로 나는 알고 있다. 그는 물욕이 없는 데다가 기분파여서 자신의 감정에 호소하지 않는 문제는 아무리 권력과 재력이 강한 사람이 의뢰를 해 와도 마다하기 일쑤였다. 하지만 기묘하고 극적인 성향을 띠고 있어 그의 상상력을 자극하고 능력을 시험하게 하는 사건이라면 아무리 가난한 의뢰인들에게라도 몇 주씩 대단한 열정을 바치곤 했다.

JUNE 19 The Adventure of Black Peter(1904)

Holmes, however, like all great artists, lived for his art's sake, and, save in the case of the Duke of Holdernesse, I have seldom known him claim any large reward for his inestimable services. So unworldly was he-or so capricious-that he frequently refused his help to the powerful and wealthy where the problem made no appeal to his sympathies, while he would devote weeks of most intense application to the affairs of some humble client whose case presented those strange and dramatic qualities which appealed to his imagination and challenged his ingenuity.

6월 20일 **네 개의 서명**(1890)

"그래, 나는 몇 편의 논문을 쓰는 데 참여했네. 모두 전문적인 주제를 다루었지. 예를 들어 〈다양한 담뱃재의 차이점에 대하여〉라는 논문이 있지. 이 논문에서 나는 140종의 시가와 궐련, 파이프 담배에 대해 설명하고, 담뱃재의 차이를 구별할 수 있도록 색깔 도판도 첨부했다네. 담뱃재는 형사 재판에서 빈번하게 등장하는 문제인데, 가끔 아주 중요한 단서가 되기도 하지. 인도산 룬카를 피우는 남자가 살인 사건을 저질렀다는 사실이 확인되면 분명 수사 범위가 좁혀질 걸세. 훈련된 사람의 눈에는 트리치노폴리의 검은 재와 살담배의 솜털 같은 재는 양배추와 감자만큼이나 확연하게 달라 보이는 법이지."

"자넨 사소한 것을 파악하는 재능이 아주 탁월해." 내가 말했다.

"사소한 것의 중요성을 잘 알고 있지."

JUNE 20 **The Sign of Four**(1890)

"Yes, I have been guilty of several monographs. They are all upon technical subjects. Here, for example, is one 'Upon the Distinction between the Ashes of the Various Tobaccos.' In it I enumerate a hundred and forty forms of cigar, cigarette, and pipe tobacco, with coloured plates illustrating the difference in the ash. It is a point which is continually turning up in criminal trials, and which is sometimes of supreme importance as a clue. If you can say definitely, for example, that some murder had been done by a man who was smoking an Indian lunkah, it obviously narrows your field of search. To the trained eye there is as much difference between the black ash of a Trichinopoly and the white fluff of bird's-eye as there is between a cabbage and a potato."

"You have an extraordinary genius for minutiae," I remarked.

"I appreciate their importance."

6월 21일 **주홍색 연구**(1887)

그의 무지는 그의 지식만큼이나 남다른 데가 있었다. 그는 현대 문학과 철학, 정치학에 대해서는 거의 아무것도 모르는 것 같았다. 내가 토마스 칼라일을 언급하자 그는 칼라일이 누구이며 무슨 일을 했느냐고 아무렇지도 않게 되물었다. 우연히 그가 코페르니쿠스의 이론과 태양계의 구성에 대해 아무것도 모른다는 사실을 알게 되었을 때 나의 놀라움은 절정에 달했다. 19세기 문명사회를 살아가는 사람이 지구가 태양 주위를 도는 것을 모른다는 사실이 도무지 이해가 되지 않았다.

JUNE 21 **A Study in Scarlet**(1887)

His ignorance was as remarkable as his knowledge. Of contemporary literature, philosophy and politics he appeared to know next to nothing. Upon my quoting Thomas Carlyle, he inquired in the naivest way who he might be and what he had done. My surprise reached a climax, however, when I found incidentally that he was ignorant of the Copernican Theory and of the composition of the Solar System. That any civilized human being in this nineteenth century should not be aware that the earth travelled round the sun appeared to be to me such an extraordinary fact that I could hardly realize it.

6월 22일 **어느 기술자의 엄지손가락**(1892)

이 사건은 신문에도 여러 차례 실린 것으로 알고 있다. 하지만 모든 사실을 한꺼번에 뭉뚱그려 내놓은 서너 줄짜리 기사보다는, 사건을 전개 과정에 따라 완만하게 서술하고 새로운 발견을 하나씩 보태면서 차근 차근 수수께끼를 풀어 마침내 진실에 이르는 내 방식이 훨씬 더 흥미로울 것이다.

JUNE 22 **The Adventure of the Engineer's Thumb**(1892)

The story has, I believe, been told more than once in the newspapers, but, like all such narratives, its effect is much less striking when set forth en bloc in a single half-column
of print than when the facts slowly evolve before your own eyes, and the mystery clears gradually away as each new discovery furnishes a step which leads on to the complete truth.

6월 23일 **주홍색 연구**(1887)

첫째 주에 우릴 찾아오는 사람이 없었기 때문에 나는 내 동거인도 나처럼 친구가 없나 보다 하고 생각했다. 그런데 알고 보니 그에게는 지인이 제법 많았으며, 그 계층도 무척 다양했다. 얼굴이 노르스름하고 생쥐처럼 생겼으며 검은 눈동자의 남자는 내게 자신을 레스트레이드라고 소개했는데, 일주일에 서너 번씩 홈즈를 찾아왔다.

JUNE 23 **A Study in Scarlet**(1887)

During the first week or so we had no callers, and I had begun to think that my companion was as friendless a man as I was myself. Presently, however, I found that he had many acquaintances, and those in the most different classes of society. There was one little sallow rat-faced, dark-eyed fellow, who was introduced to me as Mr. Lestrade, and who came three or four times in a single week.

6월 24일 **주홍색 연구**(1887)

그렉슨과 레스트레이드는 아마추어 동료가 조사하는 모습을 지대한 호기심과 약간의 경멸이 뒤섞인 눈빛으로 지켜보았다. 나는 셜록 홈즈의 아주 사소한 행동에도 구체적이고 실용적인 목적이 있다는 것을 깨닫기 시작했지만, 두 사람은 그 사실을 모르고 있는 것이 틀림없었다.

"어떻게 생각하시오?" 두 형사가 입을 모아 물었다.

내 친구가 대꾸했다. 홈즈의 목소리에는 비꼬는 기색이 역력했다. "제가 두 분을 도와드리려 하면 두 분에게 돌아갈 사건의 영예를 빼앗는 셈이 될 텐데요. 두 분이 지금 잘하고 있는데 누가 중간에 끼어드는 것도 좋지 않지요."

JUNE 24 **A Study in Scarlet**(1887)

Gregson and Lestrade had watched the manoeuvres of their amateur companion with considerable curiosity and some contempt. They evidently failed to appreciate the fact, which I had begun to realize, that Sherlock Holmes's smallest actions were all directed towards some definite and practical end.

"What do you think of it, sir?" they both asked.

"It should be robbing you of the credit of the case if I was to presume to help you," remarked my friend. "You are doing so well now that it would be a pity for anyone to interfere." There was a world of sarcasm in his voice as he spoke.

6월 25일 보스콤 계곡의 비밀(1891)

"드디어 추리 이야기가 나왔군요. 가설과 상상을 펼쳐 비약하지 않고
서는 사실을 다루기 어렵다는 거야 나도 압니다, 홈즈." 레스트레이드
가 내게 눈을 찡긋하며 말했다.

"맞습니다. 사실을 다루는 건 정말 어려운 일이죠." 홈즈가 점잖게 대
꾸했다.

JUNE 25 The Boscombe Valley Mystery(1891)

"We have got to the deductions and the inferences," said Lestrade,
winking at me. "I find it hard enough to tackle facts, Holmes, with-
out flying away after theories and fancies."

"You are right," said Holmes demurely; "you do find it very hard to
tackle the facts."

6월 26일 **바스커빌 가문의 개**(1902)

런던에서 출발한 급행열차가 기적을 울리며 역에 들어섰다. 일등석에서 키가 작고 불도그처럼 단단하게 생긴 남자가 뛰어내렸다. 우리 셋은 악수를 나눴고, 나는 레스트레이드가 홈즈를 존경 어린 눈빛으로 바라본다는 사실을 알아차렸다. 그가 홈즈와 일하게 된 뒤로 홈즈에게서 얼마나 배운 게 많았는지 한눈에 알 수 있었다. 나는 실리주의자인 레스트레이드가 추론가인 홈즈의 가설을 얼마나 무시했는지 생생하게 기억했다.

JUNE 26 The Hound of the Baskervilles(1902)

The London express came roaring into the station, and a small, wiry bulldog of a man had sprung from a first-class carriage. We all three shook hands, and I saw at once from the reverential way in which Lestrade gazed at my companion that he had learned a good deal since the days when they had first worked together. I could well remember the scorn which the theories of the reasoner used then to excite in the practical man.

6월 27일 여섯 점의 나폴레옹 상 (1904)

런던 경찰국의 레스트레이드가 저녁에 우릴 찾아오는 것은 그리 드문 일은 아니었다. 셜록 홈즈도 그가 찾아오는 것을 반가워했다. 레스트 레이드가 방문하면 경찰국에서 다루는 사건을 소상하게 알 수 있기 때문이었다. 레스트레이드 경위에게 새로운 소식을 듣는 대신 홈즈는 경위가 맡은 사건을 하나하나 집중하며 들었고, 적극적으로 개입하지는 않더라도 자신의 방대한 지식과 경험에서 비롯된 단서나 의견을 제공하곤 했다.

JUNE 27 The Adventure of the Six Napoleons (1904)

It was no very unusual thing for Mr. Lestrade, of Scotland Yard, to look in upon us of an evening, and his visits were welcome to Sherlock Holmes, for they enabled him to keep in touch with all that was going on at the police headquarters. In return for the news which Lestrade would bring, Holmes was always ready to listen with attention to the details of any case upon which the detective was engaged, and was able occasionally, without any active interference, to give some hint or suggestion drawn from his own vast knowledge and experience.

6월 28일 바스커빌 가문의 개(1902)

"무기는 있소, 레스트레이드?"

땅딸막한 형사가 씩 웃었다.

"바지를 입기 시작했을 때부터 뒷주머니에 무엇인가를 넣어 다니는 것
이 습관이 됐죠."

JUNE 28 The Hound of the Baskervilles(1902)

"Are you armed, Lestrade?"

The little detective smiled.

"As long as I have my trousers I have a hip-pocket, and as long as I
have my hip-pocket I have something in it."

6월 29일 **노우드의 건축업자**(1903)

홈즈는 복도 한쪽 끝으로 우리를 데려갔다. 순경들은 왜 이런 일을 하는지 모르겠다는 쓴웃음을 지었고, 레스트레이드는 놀라움과 기대, 조롱이 뒤섞인 얼굴로 홈즈를 쳐다보고 있었다. 홈즈는 공연을 선보이려는 마술사처럼 우리 앞에 섰다.

JUNE 29 **The Adventure of the Norwood Builder**(1903)

At one end of the corridor we were all marshalled by Sherlock Holmes, the constables grinning and Lestrade staring at my friend with amazement expectation, and derision chasing each other across is features. Holmes stood before us with the air of a conjurer who is performing a trick.

6월 30일 **여섯 점의 나폴레옹 상**(1904)

"정말 훌륭합니다. 선생님이 맡은 사건을 여럿 봤지만 이번처럼 완벽하게 해결한 사건은 처음 봅니다. 우리 런던 경찰국에서는 선생님을 시샘하지 않아요. 오히려 자랑스럽게 생각합니다. 선생님은 그럴 분이 아니지만 혹시 내일 경찰국에 들러 주시면 가장 신참인 순경부터 가장 고참인 경위까지 모두 선생님께 악수를 청하고 싶어 할 겁니다." 레스트레이드가 말했다.

"고맙습니다! 정말 고마워요!" 홈즈가 말했다. 돌아선 홈즈의 표정은 내가 지금까지 본 어느 때보다 부드러웠고, 감동이라도 받은 것 같았다. 하지만 그는 이내 냉철하고 실용적인 추론가의 모습을 되찾았다.

JUNE 30 **The Adventure of the Six Napoleons**(1904)

"Well," said Lestrade, "I've seen you handle a good many cases, Mr. Holmes, but I don't know that I ever knew a more workmanlike one than that. We're not jealous of you at Scotland Yard. No, sir, we are very proud of you, and if you come down to-morrow, there's not a man, from the oldest inspector to the youngest constable, who wouldn't be glad to shake you by the hand."

"Thank you!" said Holmes. "Thank you!" and as he turned away, it seemed to me that he was more nearly moved by the softer human emotions than I had ever seen him. A moment later he was the cold and practical thinker once more.

JULY

7월

7월

7월 첫 주에 내 친구는 하숙집을 자주, 그리고 오랫동안 비웠다. 나는 그가 사건을 맡았다는 것을 알 수 있었다. 그 사이 인상이 험한 남자 여럿이 찾아와 배질 선장의 거처를 물었고, 나는 홈즈가 자신의 가공할 만한 정체를 숨기기 위해 예전에 수없이 그랬듯 변장을 하고 가명을 쓰면서 일하고 있음을 눈치 챘다.

블랙 피터(1904)

JULY

During the first week of July, my friend had been absent so often and
so long from our lodgings that I knew he had something on hand.
The fact that several rough-looking men called during that time and
inquired for Captain Basil made me understand that Holmes was
working somewhere under one of the numerous disguises and names
with which he concealed his own formidable identity.

The Adventure of Black Peter(1904)

7월 1일 **보헤미아 왕국의 스캔들**(1891)

"이 젊은 여성이 협박이나 다른 용도로 편지를 이용하려 해도 편지의 진위를 어떻게 증명할 수 있겠습니까?"

"필체가 있잖나."

"하, 위조한 거겠죠."

"왕실 전용 편지지라네."

"훔친 거군요."

"나의 봉인."

"복제한 겁니다."

"내 사진."

"샀겠죠."

"나와 함께 찍었네."

"아, 이런. 이것 참 고약하군요. 전하께서 경솔한 행동을 하셨습니다."

JULY 1 **A Scandal in Bohemia**(1891)

"If this young person should produce her letters for blackmailing or other purposes, how is she to prove their authenticity?"

"There is the writing."

"Pooh, pooh! Forgery."

"My private note-paper."

"Stolen."

"My own seal."

"Imitated."

"My photograph."

"Bought."

"We were both in the photograph."

"Oh, dear! That is very bad! Your Majesty has indeed committed an indiscretion."

7월 2일 **라이기트의 수수께끼**(1893)

"우리끼리라서 하는 말인데, 홈즈 선생님은 아직 병이 다 낫지 않은 것 같습니다. 무척 이상하게 구는 데다, 아주 흥분한 상태거든요."

"걱정할 필요는 없을 것 같은데요. 대체로 그런 광기 속에 홈즈만의 방식이 숨어 있으니까요." 내가 말했다.

"어떤 사람은 그 방식 속에 광기가 있다고 할지도 모르죠."

JULY 2 **The Reigate Squires**(1893)

"Between ourselves, I think Mr. Holmes has not quite got over his illness yet. He's been behaving very queerly, and he is very much excited."

"I don't think you need alarm yourself," said I.

"I have usually found that there was method in his madness."

"Some folk might say there was madness in his method."

7월 3일 **바스커빌 가문의 개**(1902)

홈즈는 자리에서 일어나 담배에 불을 붙이면서 말했다. "정말이지 왓슨, 자네에게 감탄하지 않을 수 없군. 자네가 여태까지 모든 걸 훌륭히 설명했다고 말해야겠네. 자넨 내 보잘것없는 성공에서 큰 역할을 했어. 그런데도 습관적으로 자신의 능력을 과소평가해 왔지. 자네는 직접 빛을 내지 못할지 몰라도 빛을 끌어당길 수 있는 사람일세. 천재성을 타고나지는 않았지만 천재를 자극하는 놀라운 능력을 발휘하는 사람들이 있지. 고백하건대, 왓슨, 나는 자네에게 큰 빚을 지고 있다네."

JULY 3 The Hound of the Baskervilles(1902)

"Really, Watson, you excel yourself," said Holmes, pushing back his chair and lighting a cigarette. "I am bound to say that in all the accounts which you have been so good as to give of my own small achievements you have habitually underrated your own abilities. It may be that you are not yourself luminous, but you are a conductor of light. Some people without possessing genius have a remarkable power of stimulating it. I confess, my dear fellow, that I am very much in your debt."

The Daily Sherlock Holmes

7월 4일 **공포의 계곡**(1915)

"총에 제조사의 이름 일부가 남아 있습니다. 총신 사이의 홈에 'P-E-N'이라는 글자가 찍혀 있지요. 나머지 글자는 톱으로 잘려 나갔고요."

"P는 커다란 장식 문자고, E와 N은 더 작던가요?" 홈즈가 물었다.

"맞습니다."

"펜실베이니아에 있는 소총 회사입니다. 미국에서는 유명한 회사죠." 홈즈가 말했다.

화이트 메이슨은 내 친구를 바라보았다. 작은 마을 의사가 자신을 혼란스럽게 하는 문제를 한 마디로 정리하는 런던 할리가의 전문의를 쳐다보는 것 같은 표정이었다.

JULY 4 **The Valley of Fear**(1915)

"There was no complete maker's name; but the printed letters 'P-E-N' were on the fluting between the barrels, and the rest of the name had been cut off by the saw."

"A big 'P' with a flourish above it, 'E' and 'N' smaller?" asked Holmes.

"Exactly."

"Pennsylvania Small Arms Company—well-known American firm," said Holmes.

White Mason gazed at my friend as the little village practitioner looks at the Harley Street specialist who by a word can solve the difficulties that perplex him.

7월 5일 보스콤 계곡의 비밀(1891)

짓눌린 잔디를 내려다보는 홈즈의 진지한 표정과 눈빛을 보니 그가 많은 정보를 파악하고 있음을 알 수 있었다. 홈즈는 냄새를 쫓는 개처럼 주위를 빙글빙글 돌았다.

JULY 5 The Boscombe Valley Mystery(1891)

To Holmes, as I could see by his eager face and peering eyes, very many other things were to be read upon the trampled grass. He ran round, like a dog who is picking up a scent.

7월 6일 노란 얼굴(1893)

"어떤 사실이라도 불확실한 의혹에 시달리는 것보단 낫죠."

JULY 6 The Yellow Face(1893)

"Any truth is better than indefinite doubt."

7월 7일 **네 개의 서명**(1890)

"오늘 아침 저는 이 편지를 받았어요. 직접 읽어 보시는 게 좋을 것 같네요."

"고맙습니다. 봉투도 주십시오. 런던 남서부 소인이 찍혀 있군요. 날짜는 7월 7일이고요. 흠! 봉투 구석에 남자의 엄지손가락 자국이 있어요. 집배원이 남긴 거겠죠. 최고급 종이를 썼고요. 봉투 한 다발 가격이 6펜스입니다. 편지지를 아주 까다롭게 고르는 사람이겠어요. 주소는 없군요. '오늘 밤 7시에 라이세움 극장 입구 왼쪽의 세 번째 기둥 옆에 계십시오. 염려가 되신다면 친구 두 명을 데려오세요. 당신은 피해자이고, 공정한 대우를 받아야 합니다. 경찰에 연락하면 안 됩니다. 그랬다간 모든 일이 헛수고가 될 겁니다. 익명의 친구로부터.' 음, 과연 아주 흥미로운 사건이군요. 어떻게 할 생각입니까, 모스턴 양?"

JULY 7 **The Sign of Four**(1890)

"This morning I received this letter, which you will perhaps read for yourself."

"Thank you," said Holmes. "The envelope, too, please. Post-mark, London, S. W. Date, July 7. Hum! Man's thumb-mark on corner—probably postman. Best quality paper. Envelopes at sixpence a packet Particular man in his stationery. No address. 'Be at the third pillar from the left outside the Lyceum Theatre to-night at seven o'clock. If you are distrustful bring two friends. You are a wronged woman and shall have justice. Do not bring police. If you do, all will be in vain. Your unknown friend.' Well, really, this is a very pretty mystery! What do you intend to do, Miss Morstan?"

7월 8일 주홍색 연구 (1887)

"이 사건에는 상상력을 자극하는 불가사의한 면이 있습니다. 원래 상상력이 없으면 공포도 느낄 수 없죠."

JULY 8 A Study in Scarlet (1887)

"There is a mystery about this which stimulates the imagination; where there is no imagination there is no horror."

7월 9일 **실버 블레이즈**(1892)

"이번 일은 새로운 증거를 확보하기보다 세부 사항을 분류하는 데 논리적 기술을 적용해야 하는 사건이지. 사건 자체가 특이하고 치밀한 데다가 수많은 사람의 이해관계가 얽혀 있어 온갖 추측과 짐작, 가설이 난무하고 있네. 여기서 어려운 점은 숱한 이론가와 기자가 덧붙인 말에서 사실, 부정할 수 없는 절대적 사실을 골라내는 걸세. 그렇게 해서 튼튼한 기반을 마련한 다음 어떤 추리를 할 수 있고, 사건 전체에 영향을 미치는 특수한 지점이 어딘지 알아내는 것이 우리의 의무라네."

JULY 9 **Silver Blaze**(1892)

"It is one of those cases where the art of the reasoner should be used rather for the sifting of details than for the acquiring of fresh evidence. The tragedy has been so uncommon, so complete, and of such personal importance to so many people that we are suffering from a plethora of surmise, conjecture, and hypothesis. The difficulty is to detach the framework of fact-of absolute undeniable fact-from the embellishments of theorists and reporters. Then, having established ourselves upon this sound basis, it is our duty to see what inferences may be drawn and what are the special points upon which the whole mystery turns."

7월 10일 **그리스어 통역관**(1893)

그가 말했다. "이봐, 왓슨. 나는 여러 미덕 중에 겸손을 높이 사는 사람들에게 동의하지 않네. 논리가라면 모든 것을 있는 그대로 바라봐야 해. 자신의 능력을 과소평가하는 것은 그걸 과대평가하는 것만큼이나 진실을 멀리하는 행위지. 그러니까 우리 형이 나보다 관찰력이 뛰어나다고 내가 말한다면 그걸 있는 그대로 받아들이게."

JULY 10 **The Greek Interpreter**(1893)

"My dear Watson," said he, "I cannot agree with those who rank modesty among the virtues. To the logician all things should be seen exactly as they are, and to underestimate one's self is as much a departure from truth as to exaggerate one's own powers. When I say, therefore, that Mycroft has better powers of observation than I, you may take it that I am speaking the exact and literal truth."

7월 11일 **주홍색 연구**(1887)

그가 말했다. "나 자신을 좀 더 믿어야 했습니다. 어떤 사실이 기나긴 추리 과정을 거친 결과와 맞지 않는다면 틀림없이 다른 해석의 여지가 있음을 의미한다는 것을 금방 알아차려야 했어요."

JULY 11 **A Study in Scarlet**(1887)

"I should have more faith," he said; "I ought to know by this time that when a fact appears to be opposed to a long train of deductions, it invariably proves to be capable of bearing some other interpretation."

7월 12일 **보스콤 계곡의 비밀**(1891)

셜록 홈즈는 단서를 추적하는 데 열중할 때면 완전히 딴 사람처럼 보였다. 홈즈가 베이커 스트리트의 차분한 사색가이자 논리가인 줄로만 아는 사람들은 이 둘이 같은 사람이라는 걸 알아채지 못할 것이다. 홈즈의 얼굴은 검붉게 달아올랐다. 이마를 찡그리고 있어 두 개의 굵은 주름살이 생기고, 눈빛은 강철처럼 번득였다. 고개를 숙이고 어깨는 구부정하게 웅크리고 입은 꾹 다물었다. 길고 튼튼한 목에 정맥이 노끈처럼 툭 튀어나왔다. 콧구멍은 사냥감을 쫓는 동물처럼 벌름거리고, 정신은 온전히 눈앞의 사건에 쏠려 있어 말을 걸거나 질문을 해도 귓등으로 흘리거나 기껏해야 성급하고 신경질적으로 한두 마디 내뱉을 뿐이었다.

JULY 12 **The Boscombe Valley Mystery**(1891)

Sherlock Holmes was transformed when he was hot upon such a scent as this. Men who had only known the quiet thinker and logician of Baker Street would have failed to recognize him. His face flushed and darkened. His brows were drawn into two hard black lines, while his eyes shone out from beneath them with a steely glitter. His face was bent downward, his shoulders bowed, his lips compressed, and the veins stood out like whipcord in his long, sinewy neck. His nostrils seemed to dilate with a purely animal lust for the chase, and his mind was so absolutely concentrated upon the matter before him that a question or remark fell unheeded upon his ears, or, at the most, only provoked a quick, impatient snarl in reply.

7월 13일 **실종된 스리쿼터백**(1904)

식탁의 저녁 식사는 차갑게 식어 있었다. 허기를 채우고 파이프에 불을 붙인 그는 반쯤은 익살스러우면서도 온전히 철학적인 태도를 취할 준비가 되었다. 일이 잘 풀리지 않으면 으레 취하는 태도였다.

JULY 13 **The Adventure of the Missing Three-Quarter**(1904)

A cold supper was ready upon the table, and when his needs were satisfied and his pipe alight he was ready to take that half comic and wholly philosophic view which was natural to him when his affairs were going awry.

7월 14일 애비 그레인지 저택(1904)

"사실을 솔직히 말하면 우리가 도와줄 수도 있습니다. 하지만 나를 속이려고 하면 그냥 넘어가지 않을 겁니다."

JULY 14 The Adventure of the Abbey Grange(1904)

"Be frank with me and we may do some good. Play tricks with me, and I'll crush you."

7월 15일 네 개의 서명(1890)

그는 서둘러 돋보기와 줄자를 꺼내 들고 방 안을 기어 다니며 이것저것 치수를 재고 비교하고 조사했다. 길고 여윈 코는 마룻바닥에 붙어 있다시피 했고, 새의 눈처럼 움푹 들어간 두 눈은 날카롭게 빛을 발했다. 동작이 워낙 민첩하고 조용해서 마치 훈련을 잘 받은 사냥개가 냄새를 맡는 것처럼 보였다. 그가 타고난 열정과 지혜를 법을 수호하는 데 쏟아붓는 대신 법과 맞서는 쪽을 택했다면 얼마나 끔찍한 범죄자가 되었을까 하는 생각이 절로 들었다.

JULY 15 The Sign of Four(1890)

He whipped out his lens and a tape measure and hurried about the room on his knees, measuring, comparing, examining, with his long thin nose only a few inches from the planks and his beady eyes gleaming and deep-set like those of a bird. So swift, silent, and furtive were his movements, like those of a trained bloodhound picking out a scent, that I could not but think what a terrible criminal he would have made had he turned his energy and sagacity against the law instead of exerting them in its defence.

7월 16일 **얼룩 띠의 비밀**(1892)

우리의 새 방문객이 한 걸음 나서 채찍을 휘두르며 말했다. "하! 내 말을 무시하겠다는 거냐? 네가 누군지 안다, 이 악당! 네 얘길 들은 적 있지. 훼방꾼 홈즈라고 말이야."

내 친구는 빙그레 웃기만 했다.

"참견쟁이 홈즈!"

홈즈는 껄껄 웃었다.

"런던 경찰청의 심부름꾼!"

홈즈가 큰 소리로 웃음을 터뜨렸다. 그가 말했다. "말씀을 참 재미있게 하시네요. 나가실 때 문을 꼭 닫아 주십시오. 문 틈새로 찬바람이 들이칠 테니까요."

248

JULY 16 **The Adventure of the Speckled Band**(1892)

"Ha! You put me off, do you?" said our new visitor, taking a step forward and shaking his hunting-crop. "I know you, you scoundrel! I have heard of you before. You are Holmes the meddler."

My friend smiled.

"Holmes the busybody!"

His smile broadened.

"Holmes the Scotland Yard Jack-in-office!"

Holmes chuckled heartily. "Your conversation is most entertaining," said he. "When you go out close the door, for there is a decided draught."

7월 17일 **공포의 계곡**(1915)

홈즈의 존재는 극적인 순간에 더욱 돋보였다. 홈즈가 이 엄청난 소식을 듣고 흥분하거나 충격을 받았다고 하는 것은 과장일 터였다. 그것은 타고난 성격이 무신경해서가 아니라 오랜 세월 과도한 자극을 받다 보니 성격이 무뎌졌기 때문일 것이다. 하지만 감정이 둔해졌을지는 몰라도 인지 능력은 지나칠 정도로 활발했다. 조금 전 들은 말에 나는 공포를 느꼈지만 홈즈는 아무렇지도 않아 보였다. 그는 포화 상태의 용액에서 결정이 형성되는 것을 지켜보는 화학자처럼 침착하면서도 흥미롭다는 표정을 짓고 있었다.

JULY 17 The Valley of Fear(1915)

It was one of those dramatic moments for which my friend existed. It would be an overstatement to say that he was shocked or even excited by the amazing announcement. Without having a tinge of cruelty in his singular composition, he was undoubtedly callous from long over-stimulation. Yet, if his emotions were dulled, his intellectual perceptions were exceedingly active. There was no trace then of the horror which I had myself felt at this curt declaration; but his face showed rather the quiet and interested composure of the chemist who sees the crystals falling into position from his oversaturated solution.

7월 18일 프란시스 카팍스 여사의 실종(1911)

내 친구는 깜짝 놀랐다. 그는 차갑고 창백한 얼굴 아래 활활 타오르는 영혼이 감추어져 있음을 보여 주는 떨리는 목소리로 물었다. "그래서 요?"

JULY 18 The Disappearance of Lady Frances Carfax(1911)

My companion started. "Well?" he asked, in that vibrant voice which told of the fiery soul behind the cold grey face.

7월 19일 공포의 계곡(1915)

"탐정에게는 모든 지식이 유용한 법이죠."

JULY 19 **The Valley of Fear**(1915)

"All knowledge comes useful to the detective."

7월 20일 **얼룩 띠의 비밀**(1892)

그는 재빨리 앞으로 다가와 큼직한 갈색 손으로 부지깽이를 집어 들더니 단숨에 구부렸다. 그러고는 으름장을 놓으며 구부러진 부지깽이를 난롯가에 거칠게 집어던지고는 성큼성큼 밖으로 나갔다. "날 잘못 건드리면 위험해질걸! 이걸 봐. 내 눈 밖에 나면 어떻게 되는지 알았겠지!"

"제법 귀여운 데가 있군. 난 덩치가 큰 편은 아니지만 저 양반이 여기 좀 더 있었다면 내 손아귀 힘도 만만찮다는 걸 보여 줬을 텐데." 홈즈가 웃으면서 말했다. 그는 강철 부지깽이를 집어 들더니 불끈 힘을 주어 다시 원래대로 펴놓았다.

252

JULY 20 **The Adventure of the Speckled Band**(1892)

"I am a dangerous man to fall foul of! See here." He stepped swiftly forward, seized the poker, and bent it into a curve with his huge brown hands.

"See that you keep yourself out of my grip," he snarled, and hurling the twisted poker into the fireplace, he strode out of the room.

"He seems a very amiable person," said Holmes, laughing. "I am not quite so bulky, but if he had remained I might have shown him that my grip was not much more feeble than his own." As he spoke he picked up the steel poker and, with a sudden effort, straightened it out again.

7월 21일 **빈집의 모험**(1903)

"선반에서 내 인명 색인 좀 내려 주게."

그는 의자에 몸을 파묻고 시가 연기를 구름처럼 내뿜으며 느릿느릿 책
장을 넘겼다.

그가 말했다. "내 목록 중에서 M 항목은 제법 괜찮지. 모리어티만으로
도 눈에 띄는데, 독살범 모건에 으스스한 기억의 메리듀, 체어링 크로
스 역 대합실에서 내 왼쪽 어금니를 부러뜨린 매슈스까지 있으니까."

JULY 21 **The Adventure of the Empty House**(1903)

"Just give me down my index of biographies from the shelf."

He turned over the pages lazily, leaning back in his chair and blowing
great clouds from his cigar.

"My collection of M's is a fine one," said he. "Moriarty himself is
enough to make any letter illustrious, and here is Morgan the poi-
soner, and Merridew of abominable memory, and Mathews, who
knocked out my left canine in the waiting-room at Charing Cross."

7월 22일 **네 개의 서명**(1890)

"그는 소령을 살해하게 된다면 시체에 일종의 증거로 이런 기록을 남기려고 사전에 계획한 것이 틀림없어. 네 사람의 관점에서 보면 이것은 일반적인 살인이 아니고 정의를 구현하는 행위였을 테니까. 범죄의 역사에서는 이런 종류의 별스럽고 기이한 발상이 흔한 일인데, 대체로 범죄자에 대한 중요한 암시의 역할을 하지."

JULY 22 **The Sign of Four**(1890)

"He had doubtless planned beforehand that, should he slay the major, he would leave some such record upon the body as a sign that it was not a common murder but, from the point of view of the four associates, something in the nature of an act of justice. Whimsical and bizarre conceits of this kind are common enough in the annals of crime and usually afford valuable indications as to the criminal."

7월 23일 바스커빌 가문의 개(1902)

"세상은 명백한 것들로 가득 차 있지만 누구나 그걸 볼 수 있는 건 아니지."

JULY 23 The Hound of the Baskervilles(1902)

"The world is full of obvious things which nobody by any chance ever observes."

7월 24일 **얼룩 띠의 비밀**(1892)

"자네가 권총을 가져가는 게 좋겠어. 강철 부지깽이를 엿처럼 휘어 놓는 사람과 상대하는 데는 '엘리 2호'가 제격이지. 그리고 칫솔만 챙기면 될 거야."

JULY 24 **The Adventure of the Speckled Band**(1892)

"I should be very much obliged if you would slip your revolver into your pocket. An Eley's No. 2 is an excellent argument with gentlemen who can twist steel pokers into knots. That and a tooth-brush are, I think, all that we need."

7월 25일 바스커빌 가문의 개(1902)

"과거와 현재는 내 조사 범위에 속하지만, 한 인간이 미래에 어떻게 할 것인가 라는 질문에 대해서는 답하기 어렵군."

JULY 25 The Hound of the Baskervilles(1902)

"The past and the present are within the field of my inquiry, but what a man may do in the future is a hard question to answer."

7월 26일 **빨간 머리 연맹**(1891)

나는 내가 주변 사람보다 멍청하다고 생각하지는 않지만 셜록 홈즈와 함께 있으면 언제나 나 자신이 어리석다는 느낌에 사로잡혔다.

JULY 26 The Red-Headed League(1891)

I trust that I am not more dense than my neighbours, but I was always oppressed with a sense of my own stupidity in my dealings with Sherlock Holmes.

7월 27일 **보헤미아 왕국의 스캔들**(1891)

"자네는 보긴 하지만 관찰하진 않아. 보는 것과 관찰하는 것은 전혀 다르지. 예를 들어 보세. 자네는 복도에서 이 방으로 오르는 계단을 수도 없이 봤겠지."

"물론이지."

"몇 번이나 봤지?"

"수백 번은 넘을걸."

"그렇다면 계단이 몇 개인지 알고 있나?"

"몇 개냐고? 모르겠는데."

"그렇다니까! 자넨 관찰을 하지 않아. 눈으로 보긴 하지만. 내가 말하고 싶은 게 바로 그거라네."

JULY 27 **A Scandal in Bohemia**(1891)

"You see, but you do not observe. The distinction is clear. For example, you have frequently seen the steps which lead up from the hall to this room."

"Frequently."

"How often?"

"Well, some hundreds of times."

"Then how many are there?"

"How many? I don't know."

"Quite so! You have not observed. And yet you have seen. That is just my point."

7월 28일 **바스커빌 가문의 개**(1902)

"이런 유형의 기술은 범죄 전문가에게는 아주 기초적인 능력 중 하나입니다. 솔직히 말하면 저도 젊었을 때 《리즈 머큐리》와 《웨스턴 모닝 뉴스》를 헷갈리기도 했지만요."

JULY 28 **The Hound of the Baskervilles**(1902)

"The detection of types is one of the most elementary branches of knowledge to the special expert in crime, though I confess that once when I was very young I confused the Leeds Mercury with the Western Morning News."

7월 29일 **마지막 사건**(1893)

나는 나이 든 이탈리아 성직자를 도와주느라 몇 분간 지체해야 했다. 그가 서툰 영어로 짐을 파리까지 부쳐야 한다는 말을 짐꾼에게 전달하느라 쩔쩔매고 있었기 때문이다. 그러고 나서 다시 한번 주위를 둘러보고 난 뒤자리로 돌아오니 짐꾼이 표도 확인하지 않고 태웠는지 조금 전의 늙은 이탈리아 성직자가 내 옆자리에 앉아 있었다. 내 이탈리아어는 그의 영어보다 짧았기 때문에 그에게 자리를 잘못 찾아온 것 같다고 아무리 설명해도 소용이 없었다. 결국 나는 설명을 포기하고 체념한 다음, 창밖을 내다보며 내 친구 홈즈를 찾았다. 그가 보이지 않는 이유가 간밤에 습격을 당했기 때문일지도 모른다는 생각이 들자 소름이 끼쳤다. 열차의 문이 모두 닫히고 기적이 울렸다.

"왓슨. 인사도 하지 않을 참인가?" 나를 부르는 소리가 들렸다.

나는 화들짝 놀라며 뒤를 돌아보았다. 나이 든 성직자가 고개를 돌려 나를 바라보고 있었다. 순식간에 주름이 펴지고 축 늘어진 코가 오똑해졌으며 아랫입술이 안으로 들어가고 우물거리던 입은 가만히 멈추었다. 멍해 보이던 눈동자가 생기를 되찾고 구부정하던 몸이 곧게 펴졌다. 다음 순간 체형이 원래대로 쪼그라들더니 홈즈의 원래 모습은 나타났을 때만큼이나 재빨리 사라져 버렸다.

JULY 29 **The Final Problem**(1893)

I spent a few minutes in assisting a venerable Italian priest, who was endeavouring to make a porter understand, in his broken English, that his luggage was to be booked through to Paris. Then, having taken another look round, I returned to my carriage, where I found that the porter, in spite of the ticket, had given me my decrepit Italian friend as a travelling companion. It was useless for me to explain to him that his presence was an intrusion, for my Italian was even more limited than his English, so I shrugged my shoulders resignedly, and continued to look out anxiously for my friend. A chill of fear had come over me, as I thought that his absence might mean that some blow had fallen during the night. Already the doors had all been shut and the whistle blown, when-

"My dear Watson," said a voice, "you have not even condescended to say good-morning."

I turned in uncontrollable astonishment. The aged ecclesiastic had turned his face towards me. For an instant the wrinkles were smoothed away, the nose drew away from the chin, the lower lip ceased to protrude and the mouth to mumble, the dull eyes regained their fire, the drooping figure expanded. The next the whole frame collapsed again, and Holmes had gone as quickly as he had come.

7월 30일 **주홍색 연구**(1887)

홈즈가 말을 이었다. "이 모든 게 잘 이해가 되지 않으실 겁니다. 여러분은 수사를 시작할 때부터 여러분 앞에 제공된 유일한 진짜 단서의 중요성을 파악하지 못했으니까요. 저는 요행히 그 단서의 의미를 알아차렸고, 그 이후부터 발생한 모든 일은 제가 세운 최초의 가설이 옳다는 것을 확인해 주는 역할을 했습니다. 논리적인 절차를 따른 결과이기도 하지요."

JULY 30 **A Study in Scarlet**(1887)

"All this seems strange to you," continued Holmes, "because you failed at the beginning of the inquiry to grasp the importance of the single real clue which was presented to you. I had the good fortune to seize upon that, and everything which has occurred since then has served to confirm my original supposition, and, indeed, was the logical sequence of it."

7월 31일 **다섯 개의 오렌지 씨앗**(1891)

셜록 홈즈는 피살자의 시계태엽을 감아 봄으로써 피살자가 태엽을 감은 지 두 시간이 넘지 않았다는 사실을 입증할 수 있었다. 따라서 피살자가 잠자리에 든 지 두 시간이 넘지 않았다는 것을 알아냈고, 그것이 사건을 해결하는 데 결정적인 단서가 되었다.

JULY 31 **The Five Orange Pips**(1891)

Sherlock Holmes was able, by winding up the dead man's watch, to prove that it had been wound up two hours before, and that therefore the deceased had gone to bed within that time-a deduction which was of the greatest importance in clearing up the case.

AUGUST

8월

8월

푹푹 찌는 8월의 어느 날이었다. 베이커 스트리트는 찜통 같았고, 길 건너편의 노란 벽돌에 내리쬐는 햇볕에 눈이 아플 정도였다. 저것이 겨울날의 안개 속에 그토록 음침한 빛이 서렸던 바로 그 벽이라는 사실이 믿기지 않았다. 블라인드는 반만 쳐져 있었고, 홈즈는 소파에 웅크리고 누워 아침 우편으로 받은 편지를 읽고, 또 읽었다. 나는 인도에서 군 복무를 하던 시절 추위보다는 더위를 더 잘 참을 수 있도록 훈련을 받은 덕분에 32℃ 정도의 더위는 별 문제가 되지 않았다.

소포 상자(1893)

AUGUST

It was a blazing hot day in August. Baker Street was like an oven, and the glare of the sunlight upon the yellow brickwork of the house across the road was painful to the eye. It was hard to believe that these were the same walls which loomed so gloomily through the fogs of winter. Our blinds were half-drawn, and Holmes lay curled upon the sofa, reading and re-reading a letter which he had received by the morning post. For myself, my term of service in India had trained me to stand heat better than cold, and a thermometer at ninety was no hardship.

The Cardboard Box (1893)

8월 1일 등나무 집(1908)

"왓슨, 우리가 캐루더스 대령을 교도소에 보내고 난 뒤 내가 얼마나 지루해하고 있는지는 자네도 알잖아. 내 정신은 헛도는 엔진 같아. 머리는 일하라고 있는 건데 할 일이 없으니 터져 버릴 지경이라고. 일상이 따분하고 신문을 읽어도 아무 재미가 없어. 범죄 세계에서도 대담무쌍한 사건이나 가슴 설레는 로맨스가 아예 사라져 버린 모양이야. 그런데도 내게 새로운 사건을 맡을지 말지 묻는 건가? 아무리 하찮은 사건이더라도 말이야."

AUGUST 1 The Adventure of Wisteria Lodge(1908)

"My dear Watson, you know how bored I have been since we locked up Colonel Carruthers. My mind is like a racing engine, tearing itself to pieces because it is not connected up with the work for which it was built. Life is commonplace; the papers are sterile; audacity and romance seem to have passed forever from the criminal world. Can you ask me, then, whether I am ready to look into any new problem, however trivial it may prove?"

8월 2일 **마지막 인사**(1917)

8월 2일 밤 9시 정각, 역사상 가장 끔찍한 8월이었다. 타락한 세상에 이미 신의 저주가 내렸다고 생각할 사람도 있을 것이다. 후텁지근하게 고여 있는 대기 속에 무시무시한 정적과 희미한 기대감 같은 것이 깃들어 있었기 때문이다.

AUGUST 2 **His Last Bow**(1917)

It was nine o'clock at night upon the second of August-the most terrible August in the history of the world. One might have thought already that God's curse hung heavy over a degenerate world, for there was an awesome hush and a feeling of vague expectancy in the sultry and stagnant air.

8월 3일 바스커빌 가문의 개(1902)

"어느 인류학 박물관이든 선생님과 같은 두개골 모형을 가져다 놓으면 훌륭한 장식이 될 겁니다. 듣기 좋은 말을 하려는 것이 아니라 선생님의 두개골은 정말 탐이 나는군요."

셜록 홈즈는 이 특이한 손님을 자리에 앉게 했다. "자신의 생각에 푹 빠지면 걷잡을 수 없어지는 분이군요. 저도 그렇긴 합니다만."

AUGUST 3 The Hound of the Baskervilles(1902)

"A cast of your skull, sir, until the original is available, would be an ornament to any anthropological museum. It is not my intention to be fulsome, but I confess that I covet your skull."

Sherlock Holmes waved our strange visitor into a chair. "You are an enthusiast in your line of thought, I perceive, sir, as I am in mine."

8월 4일 얼룩 띠의 비밀(1892)

"이런! 이번 사건은 생각보다 더 위험하겠어. 영리한 사람이 범죄자가
되면 최악의 상황이 벌어지지."

AUGUST 4 The Adventure of the Speckled Band(1892)

"Ah, me! it's a wicked world, and when a clever man turns his brains
to crime it is the worst of all."

8월 5일 **빨간 머리 연맹**(1891)

"왓슨, 지금은 이야기할 때가 아니라 관찰할 때일세. 우린 적국에 쳐들어온 스파이나 다름없으니까."

AUGUST 5 **The Red-Headed League**(1891)

"My dear doctor, this is a time for observation, not for talk. We are spies in an enemy's country."

8월 6일 보스콤 계곡의 비밀(1891)

"난 자네 집 침실 창문이 거울 앞에 섰을 때 오른쪽에 있다는 걸 잘 알고 있어. 하지만 레스트레이드는 이렇게 명백한 사실도 알아차리지 못할 걸세."

"어떻게……."

"왓슨, 난 자넬 잘 알아. 자네는 전직 군인답게 깔끔한 사람이지. 매일 아침 면도를 하는데, 이런 계절에는 햇빛을 조명 삼아 면도를 할 거야. 그런데 얼굴 왼쪽으로 갈수록 면도 상태가 부실해지더니 왼쪽 턱 아래는 통 깔끔하지가 않아. 얼굴 왼쪽이 오른쪽보다 햇빛을 덜 본 게 틀림없어. 양쪽이 똑같이 빛을 받았다면 자네 같은 사람이 이렇게 면도할 리가 없지. 난 지금 관찰과 추리를 통해 알아낼 수 있는 아주 사소한 걸 이야기했을 뿐이야."

AUGUST 6 The Boscombe Valley Mystery(1891)

"I very clearly perceive that in your bedroom the window is upon the right-hand side, and yet I question whether Mr. Lestrade would have noted even so self-evident a thing as that."

"How on earth-!"

"My dear fellow, I know you well. I know the military neatness which characterizes you. You shave every morning, and in this season you shave by the sunlight, but since your shaving is less and less complete as we get farther back on the left side, until it becomes positively slovenly as we get round the angle of the jaw, it is surely very clear that that side is less illuminated than the other. I could not imagine a man of your habits looking at himself in an equal light and being satisfied with such a result. I only quote this as a trivial example of observation and inference."

8월 7일 공포의 계곡(1915)

"내가 생각하기엔 아마도……." 내가 말했다.

"나도 그렇게 생각하네." 셜록 홈즈가 성급하게 말했다. 나는 제법 참을성이 강한 편이지만 말을 시작하려던 참에 뚝 잘라 버리니 기분이 상하지 않을 수 없었다.

"정말이지, 홈즈, 자넨 날 가끔 짜증나게 해." 내가 쌀쌀맞게 쏘아붙였다.

AUGUST 7 The Valley of Fear(1915)

"I am inclined to think-" said I.

"I should do so," Sherlock Holmes remarked impatiently.

I believe that I am one of the most long-suffering of mortals; but I'll admit that I was annoyed at the sardonic interruption. "Really, Holmes," said I severely, "you are a little trying at times."

8월 8일 주홍색 연구(1887)

"별난 것과 불가사의한 것을 혼동해서는 안 됩니다. 때로는 가장 평범해 보이는 범죄가 가장 불가사의한 사건이 되기도 합니다. 그런 사건에는 추리를 이끌어 낼 만한 새롭거나 특이한 점이 없기 때문이지요. 이번 사건도 시체가 평범하게 길거리에서 발견되었다면, 다시 말해 사건을 주목할 만한 것으로 만드는 기이하고 충격적인 장치가 없었다면 무척 해결하기 어려웠을 겁니다. 이 사건의 기이한 세부 사항은 사건을 복잡하게 만드는 것과는 거리가 멉니다. 특이한 요소는 사건을 더욱 어렵게 만들기는커녕 오히려 사건을 더 이해하기 쉽게 만들었지요."

AUGUST 8 A Study in Scarlet(1887)

"It is a mistake to confound strangeness with mystery. The most commonplace crime is often the most mysterious, because it presents no new or special features from which deductions may be drawn. This murder would have been infinitely more difficult to unravel had the body of the victim been simply found lying in the roadway without any of those outréand sensational accompaniments which have rendered it remarkable. These strange details, far from making the case more difficult, have really had the effect of making it less so."

8월 9일 **마자랭의 다이아몬드**(1921)

홈즈는 다음 묘수를 고민하는 체스 대가처럼 생각에 잠겨 그를 바라보았다. 그런 다음, 책장 서랍을 열더니 네모난 공책을 꺼냈다.

"제가 이 공책에 뭘 쓰고 있는지 압니까?"

"내가 어찌 알겠소."

"당신에 대해서요."

"나에 대해서!"

"그래요, 바로 당신. 당신의 사악하고 흉흉한 삶에 대한 모든 기록이 여기 있죠."

AUGUST 9 **The Adventure of the Mazarin Stone**(1921)

Holmes looked at him thoughtfully like a master chess-player who meditates his crowning move. Then he threw open the table drawer and drew out a squat notebook.

"Do you know what I keep in this book?"

"No, sir, I do not!"

"You!"

"Me!"

"Yes, sir, you! You are all here – every action of your vile and dangerous life."

8월 10일 네 개의 서명(1890)

"자넨 내 규칙을 적용하지 않을 작정이군. 내가 여러 번 말하지 않았나? 불가능한 것들을 제거했을 때 남아 있는 건 아무리 터무니없어 보여도 진실인 법이라고." 그가 고개를 가로저으며 말했다.

AUGUST 10 The Sign of Four(1890)

"You will not apply my precept," he said, shaking his head. "How often have I said to you that when you have eliminated the impossible, whatever remains, however improbable, must be the truth?"

8월 11일 **빨간 머리 연맹**(1891)

"그래 봐야 자네도 내 의견을 따르게 될 걸세. 그렇지 않다면 산더미 같은 증거를 들이밀 테니까. 그러면 결국 자네의 이성도 무릎을 꿇고 내 말이 옳다는 것을 인정하고 말겠지."

AUGUST 11 **The Red-Headed League**(1891)

"None the less you must come round to my view, for otherwise I shall keep piling fact upon fact on you, until your reason breaks down under them and acknowledges me to be right."

8월 12일 **보헤미아 왕국의 스캔들**(1891)

"간단히 말하자면 이렇다. 5년 전쯤, 내가 한동안 바르샤바에 머물렀을 때 유명한 여성 모험가 아이린 애들러를 알게 되었지. 그대도 분명 이름은 들어 보았겠지."

"박사, 수고스럽겠지만 내 색인 목록을 찾아봐 주겠나." 홈즈가 여전히 눈을 감은 채 중얼거렸다. 그는 어떤 주제나 사람에 대한 정보를 즉석에서 떠올리지 못할 때를 대비해 오랫동안 인물과 사건에 대한 모든 자료를 색인으로 만들어 정리하는 방식을 사용해 왔다. 아이린 애들러의 약력은 한 유대인 랍비와 심해어에 대한 논문을 쓴 부함장의 자료 사이에 있었다.

AUGUST 12 **A Scandal in Bohemia**(1891)

"The facts are briefly these: Some five years ago, during a lengthy visit to Warsaw, I made the acquaintance of the well-known adventuress, Irene Adler. The name is no doubt familiar to you."

"Kindly look her up in my index, Doctor," murmured Holmes without opening his eyes. For many years he had adopted a system of docketing all paragraphs concerning men and things, so that it was difficult to name a subject or a person on which he could not at once furnish information. In this case I found her biography sandwiched in between that of a Hebrew Rabbi and that of a staff-commander who had written a monograph upon the deep-sea fishes.

8월 13일 **네 개의 서명**(1890)

"내가 누군지 기억할 줄 알았는데요, 애설니 존스 씨." 홈즈가 침착하게 말했다.

"물론 기억하지요! 이론가 셜록 홈즈 선생 아니신가! 기억하다마다요! 선생이 비숍게이트 보석 사건 때 원인과 추론, 그 결과에 대해 우리에게 가르쳐 준 걸 절대 못 잊을 거요. 그때 수사 방향을 올바로 잡아 준 건 사실이오. 하지만 사건이 해결된 건 이론이 좋아서라기보다 운이 좋았기 때문이라는 걸 선생도 이제는 알고 있겠죠." 존스 형사가 씩씩거리며 말했다.

"그건 아주 간단한 추리 덕분이었는데요."

"아, 정말 왜 이러실까! 솔직하게 인정하는 걸 부끄러워할 필요 없습니다."

AUGUST 13 **The Sign of Four**(1890)

"I think you must recollect me, Mr. Athelney Jones," said Holmes quietly.

"Why, of course I do!" he wheezed. "It's Mr. Sherlock Holmes, the theorist. Remember you! I'll never forget how you lectured us all on causes and inferences and effects in the Bishopgate jewel case. It's true you set us on the right track; but you'll own now that it was more by good luck than good guidance."

"It was a piece of very simple reasoning."

"Oh, come, now, come! Never be ashamed to own up."

8월 14일 바스커빌 가문의 개(1902)

"발자국이요?"

"그렇습니다."

"남자 발자국이었습니까, 아니면 여자 발자국이었습니까?

모티머 박사는 잠시 야릇한 표정으로 우리를 쳐다보았다. 그러고는 속 삭이다시피 작은 목소리로 대답했다.

"홈즈 선생님, 그것은 아주 커다란 사냥개의 발자국이었습니다!"

AUGUST 14 The Hound of the Baskervilles(1902)

"Footprints?"

"Footprints."

"A man's or a woman's?"

Dr. Mortimer looked strangely at us for an instant, and his voice sank almost to a whisper as he answered:

"Mr. Holmes, they were the footprints of a gigantic hound!"

8월 15일 다섯 개의 오렌지 씨앗(1891)

셜록 홈즈는 고개를 앞으로 숙이고 붉게 타오르는 불을 바라보면서 한동안 말없이 앉아 있었다. 그러다 파이프에 불을 붙이고 의자에 몸을 깊숙이 기대고는 서로 쫓고 쫓기듯 천장으로 올라가는 푸른 연기 고리를 지켜보았다.

"왓슨, 내가 보기에 지금까지 다룬 사건 중 이보다 더 기묘한 사건은 없었던 것 같네." 마침내 그가 입을 열었다.

AUGUST 15 The Five Orange Pips(1891)

Sherlock Holmes sat for some time in silence, with his head sunk forward and his eyes bent upon the red glow of the fire. Then he lit his pipe, and leaning back in his chair he watched the blue smoke rings as they chased each other up to the ceiling.

"I think, Watson," he remarked at last, "that of all our cases we have had none more fantastic than this."

8월 16일 **주홍색 연구**(1887)

"당신은 세계 최초로 추리를 정밀과학의 경지로 끌어올렸습니다."
내 친구는 진심 어린 나의 칭찬을 듣자 기뻐하며 얼굴을 붉혔다. 나는
홈즈가 다른 건 몰라도 수사 방식에 쏟아지는 찬사에 대해서만큼은 소
녀가 예쁘다는 칭찬을 들을 때처럼 민감하게 반응한다는 사실을 이
미 눈치채고 있었다.

AUGUST 16 **A Study in Scarlet**(1887)

"You have brought detection as near an exact science as it ever will be
brought in this world."
My companion flushed up with pleasure at my words, and the earnest
way in which I uttered them. I had already observed that he was as
sensitive to flattery on the score of his art as any girl could be of her
beauty.

8월 17일 **신랑의 정체**(1891)

"관찰을 하고 인과 관계를 재빨리 분석하면서 흥미를 느낄 수 있는 사건은 대체로 중요하지 않은 사건들이더군. 더 큰 범죄일수록 단순한 경향이 있지. 그럴수록 동기가 더 명백하게 드러나니까."

AUGUST 17 **A Case of Identity**(1891)

"Indeed, I have found that it is usually in unimportant matters that there is a field for the observation, and for the quick analysis of cause and effect which gives the charm to an investigation. The larger crimes are apt to be the simpler, for the bigger the crime, the more obvious, as a rule, is the motive."

8월 18일 네 개의 서명(1890)

"미안하게 됐습니다, 새디어스 도런님." 문지기가 가차 없이 말했다. "이 사람들은 도런님의 친구일지 모르지만 우리 주인님의 친구는 아닙니다. 주인님이 제게 후한 돈을 주시는데 저도 제 일을 해야죠. 도런님 친구 분들을 저는 하나도 모릅니다."

"아니, 자넨 알고 있어, 맥머도. 날 잊어버릴 줄은 몰랐는데. 4년 전 자네와 앨리슨의 하숙에서 세 라운드를 겨뤘던 아마추어 권투 선수를 기억 못 하는 건가?" 셜록 홈즈가 쾌활하게 외쳤다.

"아니, 홈즈 씨 아니세요! 세상에! 어떻게 당신을 알아보지 못하겠습니까? 거기 가만히 계시는 대신 앞으로 나와 내 턱이라도 한 방 먹였다면 당장 알았을 겁니다. 아, 홈즈 씨는 정말 재능을 낭비하고 있습니다. 그 정도 권투 실력이면 틀림없이 성공했을 텐데요."

"들었지, 왓슨. 다른 모든 일이 잘 안 풀려도 내가 선택할 수 있는 직업하나가 남아 있는 셈일세."

AUGUST 18 The Sign of Four (1890)

"Very sorry, Mr. Thaddeus," said the porter inexorably. "Folk may be friends o' yours, and yet no friend o' the master's. He pays me well to do my duty, and my duty I'll do. I don't know none o' your friends."

"Oh, yes you do, McMurdo," cried Sherlock Holmes genially. "I don't think you can have forgotten me. Don't you remember that amateur who fought three rounds with you at Alison's rooms on the night of your benefit four years back?"

"Not Mr. Sherlock Holmes!" roared the prize-fighter. "God's truth! how could I have mistook you? If instead o' standin' there so quiet you had just stepped up and given me that cross-hit of yours under the jaw, I'd ha' known you without a question. Ah, you're one that has wasted your gifts, you have! You might have aimed high, if you had joined the fancy."

"You see, Watson, if all else fails me, I have still one of the scientific professions open to me."

8월 19일 **공포의 계곡**(1915)

"부족한 자료로 섣부른 가설을 세우는 일은 우리 같은 직업에 종사하는 사람에게 독이나 마찬가지입니다."

AUGUST 19 **The Valley of Fear**(1915)

"The temptation to form premature theories upon insufficient data is the bane of our profession."

8월 20일 빨간 머리 연맹(1891)

"대체로 기묘해 보이는 일일수록 막상 파고들면 별로 까다롭지 않네. 정말 알쏭달쏭한 건 평범하고 특징이 없어 보이는 범죄일세. 평범한 얼굴이 가장 알아보기 힘든 것처럼 말이지." 홈즈가 말했다.

AUGUST 20 The Red-Headed League(1891)

"As a rule," said Holmes, "the more bizarre a thing is the less mysterious it proves to be. It is your commonplace, featureless crimes which are really puzzling, just as a commonplace face is the most difficult to identify."

8월 21일 **네 개의 서명**(1890)

"이걸 좀 보게. 우리가 총을 조금만 늦게 발사했어도 큰일 날 뻔했어."
홈즈가 나무 해치를 가리키며 말했다. 조금 전 우리가 서 있던 자리 바
로 뒤에 우리에게 무척 낯익은 독침이 박혀 있었다. 총을 쏜 순간 독침
이 우리 사이로 날아왔던 것이 틀림없었다. 홈즈는 독침을 보고 미소
를 지으며 아무렇지도 않다는 듯 어깨를 으쓱했다. 하지만 나는 그날
밤 까딱 잘못했으면 끔찍한 죽음을 맞을 수도 있었다는 생각에 속이
울렁거렸다.

AUGUST 21 **The Sign of Four**(1890)

"See here," said Holmes, pointing to the wooden hatchway. "We
were hardly quick enough with our pistols." There, sure enough, just
behind where we had been standing, stuck one of those murderous
darts which we knew so well. It must have whizzed between us at the
instant we fired. Holmes smiled at it and shrugged his shoulders in
his easy fashion, but I confess that it turned me sick to think of the
horrible death which had passed so close to us that night.

8월 22일 프란시스 카팍스 여사의 실종(1911)

그가 말했다. "세상에서 가장 위험한 부류 중 하나가 친구도 없이 떠돌아다니는 여자야. 그런 여자는 누구에게도 폐를 끼치지 않고, 가끔은 아주 큰 도움이 되기도 해. 하지만 다른 사람들이 범죄를 저지르도록 부추기기도 하지."

AUGUST 22 The Disappearance of Lady Frances Carfax(1911)

"One of the most dangerous classes in the world," said he, "is the drifting and friendless woman. She is the most harmless and often the most useful of mortals, but she is the inevitable inciter of crime in others."

8월 23일 **그리스어 통역관**(1893)

나는 셜록 홈즈와 오랫동안 친분을 쌓아 왔지만 한 번도 그가 자기 친척이나, 어린 시절 이야기를 입에 올리는 것을 들어 본 적이 없다. 그렇지 않아도 그는 다소 비인간적인 사람으로 느껴졌는데, 자기 이야기를 극도로 삼가는 탓에 나는 이따금씩 그를 속세와 동떨어진 인물, 지적으로 뛰어나긴 하지만 동정심이 결여되어 심장 없이 두뇌만 있는 존재로까지 여기게 되었다. 여성을 혐오하는 것이나 새 친구 사귀기를 꺼려하는 것 역시 삭막한 그의 성격을 잘 드러내지만, 가족에 대해 일체의 언급을 삼가는 데 비하면 그것은 차라리 약과였다. 결국 나는 그가 일가친척 하나 없는 고아로 생각하기에 이르렀다. 그런데 어느 날 무척 놀랍게도 그가 형 이야기를 꺼내기 시작했다.

AUGUST 23 **The Greek Interpreter**(1893)

During my long and intimate acquaintance with Mr. Sherlock Holmes I had never heard him refer to his relations, and hardly ever to his own early life. This reticence upon his part had increased the somewhat inhuman effect which he produced upon me, until sometimes I found myself regarding him as an isolated phenomenon, a brain without a heart, as deficient in human sympathy as he was pre-eminent in intelligence. His aversion to women and his disinclination to form new friendships were both typical of his unemotional character, but not more so than his complete suppression of every reference to his own people. I had come to believe that he was an orphan with no relatives living; but one day, to my very great surprise, he began to talk to me about his brother.

8월 24일 브루스파팅턴호 설계도(1908)

"그런데 자네는 마이크로프트 형이 무슨 일을 하는지 아나?"

나는 〈그리스어 통역관〉 사건 당시에 들은 설명을 어렴풋이 떠올렸다.

"영국 정부 산하에 있는 작은 사무소를 갖고 계신다고 했지."

홈즈가 껄껄 웃었다.

"그땐 자네를 잘 몰랐잖아. 중대한 국가 문제와 관련된 일이라 신중할 수밖에 없었지. 형이 영국 정부에서 일한다고 한 건 맞아. 하지만 가끔 형 자체가 영국 정부가 되는 때가 있다고 해도 과언이 아닐세."

AUGUST 24 The Adventure of the Bruce-Partington Plans(1908)

"By the way, do you know what Mycroft is?"

I had some vague recollection of an explanation at the time of the Adventure of the Greek Interpreter.

"You told me that he had some small office under the British government."

Holmes chuckled.

"I did not know you quite so well in those days. One has to be discreet when one talks of high matters of state. You are right in thinking that he is under the British government. You would also be right in a sense if you said that occasionally he is the British government."

8월 25일 **그리스어 통역관**(1893)

"탐정의 기술이 안락의자에 앉아 추론하는 것에서 시작하고 그걸로 끝난다면 형은 사상 최고의 범죄 전문가가 됐을 거라네. 하지만 형에게는 그럴 야망도, 열정도 없지. 심지어 자신의 해답을 확인하러 나가는 것조차 귀찮아 할 거야. 자신이 옳다는 걸 애써 입증하느니 차라리 틀린 것으로 치고 말 걸세."

AUGUST 25 **The Greek Interpreter**(1893)

"If the art of the detective began and ended in reasoning from an armchair, my brother would be the greatest criminal agent that ever lived. But he has no ambition and no energy. He will not even go out of his way to verify his own solutions, and would rather be considered wrong than take the trouble to prove himself right."

8월 26일 브루스파팅턴호 설계도(1908)

"형은 누구보다 논리정연하고 체계적인 두뇌를 타고났고, 정보를 저장하는 능력도 뛰어나지. 다른 사람에게는 누구나 각자의 분야가 따로 있지만 형의 전문 분야는 모든 걸 환히 꿰뚫는 것이라네."

AUGUST 26 The Adventure of the Bruce-Partington Plans(1908)

"[Mycroft] has the tidiest and most orderly brain, with the greatest capacity for storing facts, of any man living. . . . All other men are specialists, but his specialism is omniscience."

8월 27일 **그리스어 통역관**(1893)

마이크로프트 홈즈는 셜록보다 훨씬 키가 크고 체격도 좋았다. 몸은 뚱뚱하고 얼굴은 큼직했지만 표정은 동생과 마찬가지로 날카로웠다. 연회색의 물기 어린 두 눈에는 먼 곳을 응시하는 듯 자기 성찰적인 느낌이 있었는데, 이것은 셜록이 전심전력으로 집중할 때에나 볼 수 있는 눈빛이었다.

그가 물개 발처럼 널찍하고 통통한 손을 내밀며 말했다. "만나서 반갑습니다. 선생님이 동생의 전기 작가가 된 뒤로 어딜 가나 셜록 이야기를 듣게 되었습니다. 그런데 셜록, 네가 지난주에 매너 하우스 사건에 대해 물어보려고 날 찾아올 줄 알았는데. 그 문제로 쩔쩔매고 있을 거라고 생각했다."

"아뇨, 그건 벌써 해결했어." 내 친구가 미소를 지으면서 말했다.

"물론 범인은 애덤스였겠지."

"맞아. 애덤스였어."

"처음부터 그럴 줄 알았어."

AUGUST 27 **The Greek Interpreter**(1893)

Mycroft Holmes was a much larger and stouter man than Sherlock. His body was absolutely corpulent, but his face, though massive, had preserved something of the sharpness of expression which was so remarkable in that of his brother. His eyes, which were of a peculiarly light, watery grey, seemed to always retain that far-away, introspective look which I had only observed in Sherlock's when he was exerting his full powers.

"I am glad to meet you, sir," said he, putting out a broad, fat hand like the flipper of a seal. "I hear of Sherlock everywhere since you became his chronicler. By the way, Sherlock, I expected to see you round last week to consult me over that Manor House case. I thought you might be a little out of your depth."

"No, I solved it," said my friend, smiling.

"It was Adams, of course."

"Yes, it was Adams."

"I was sure of it from the first."

8월 28일 브루스파팅턴호 설계도(1908)

"이건 시골길에서 트램을 만나는 것과 같아. 형한테는 자기 궤도가 있어서 그 궤도만을 따르지. 펠 멜 거리의 하숙집과 디오게네스 클럽, 화이트 홀만 맴도는 거야. 형이 여기 온 것도 한 번, 딱 한 번뿐이야. 도대체 어떤 큰 일이 있어서 형이 궤도를 벗어난 걸까?"

AUGUST 28 The Adventure of the Bruce-Partington Plans(1908)

"It is as if you met a tram-car coming down a country lane. Mycroft has his rails and he runs on them. His Pall Mall lodgings, the Diogenes Club, Whitehall-that is his cycle. Once, and only once, he has been here. What upheaval can possibly have derailed him?"

8월 29일 브루스파팅턴호 설계도(1908)

"이제 뭘 어떻게 해야 하지?"

"행동을 해야지, 셜록. 행동을!" 마이크로프트가 벌떡 일어서며 외쳤다. "내 직감에 따르면 이 설명은 완전히 틀렸어. 네 능력을 발휘해 봐! 범죄 현장으로 달려가! 사건과 관련된 사람들을 만나 보고! 모든 가능성을 파헤쳐야 해! 네가 일하면서 조국에 봉사할 수 있는 이렇게 좋은 기회는 다신 오지 않을 거라고!"

"그래, 알았어." 홈즈가 어깨를 으쓱하며 대꾸했다.

AUGUST 29 The Adventure of the Bruce-Partington Plans(1908)

"What is there for us to do?"

"To act, Sherlock-to act!" cried Mycroft, springing to his feet. "All my instincts are against this explanation. Use your powers! Go to the scene of the crime! See the people concerned! Leave no stone unturned! In all your career you have never had so great a chance of serving your country."

"Well, well!" said Holmes, shrugging his shoulders

8월 30일 **바스커빌 가문의 개**(1902)

"그 자는 우리 손에 들어왔어, 왓슨. 내일 밤이면 그는 우리 덫에 걸려 자기가 잡은 나비처럼 꼼짝 못 하게 될 거라고 장담하지. 바늘, 코르크, 색인 카드만 있으면 그 자를 베이커 스트리트의 소장품에 넣을 수도 있겠어!"

그는 그림을 등지고 돌아서며 갑자기 웃음을 터뜨렸다. 그가 웃는 것은 드문 일이었다. 나는 그의 웃음소리를 자주 듣지 못했는데, 그가 웃는다는 것은 항상 누군가에게 안 좋은 일이 생긴다는 의미였다.

AUGUST 30 **The Hound of the Baskervilles**(1902)

"We have him, Watson, we have him, and I dare swear that before to-morrow night he will be fluttering in our net as helpless as one of his own butterflies. A pin, a cork, and a card, and we add him to the Baker Street collection!" He burst into one of his rare fits of laughter as he turned away from the picture. I have not heard him laugh often, and it has always boded ill to somebody.

8월 31일 보스콤 계곡의 비밀(1891)

내가 말했다. "홈즈, 자네는 범인이 빠져나가지 못할 그물을 쳤네. 그리고 무고한 사람의 생명을 구했어. 이미 교수대에 선 사람의 목줄을 죄여 오던 밧줄을 끊어 준 셈이야. 이제 모든 사실이 어디를 가리키는지 알겠어. 범인은……."

"존 터너 씨가 오셨습니다." 그때 호텔 웨이터가 응접실 문을 열면서 외쳤고, 방문객이 안으로 들어왔다.

AUGUST 31 The Boscombe Valley Mystery(1891)

"Holmes," I said, "you have drawn a net round this man from which he cannot escape, and you have saved an innocent human life as truly as if you had cut the cord which was hanging him. I see the direction in which all this points. The culprit is-"

"Mr. John Turner," cried the hotel waiter, opening the door of our sitting-room, and ushering in a visitor.

SEPTEMBER

9월

9월

9월 저녁이었고, 아직 7시도 되기 전이었지만 날은 벌써 스산했다. 도시 전체가 축축하고 부슬부슬한 안개에 뒤덮여 있었다. 흙빛 구름이 우중충하게 내려앉은 거리는 쓸쓸해 보였다. 희부연 얼룩처럼 보이는 스트랜드 대로의 가로등 불빛이 깜빡거리며 진흙투성이 도로를 흐릿하게 비췄다. 상점 창문의 노란 불빛이 뿌옇고 축축한 대기를 가로질러 혼잡한 거리에 어두컴컴한 불빛을 던졌다. 가느다란 빛줄기 속을 끝없이 스쳐 가는 얼굴들의 끝없는 행렬에 유령같이 으스스한 기운이 도사리고 있다는 느낌이 들었다. 슬픈 얼굴, 기쁜 얼굴, 화난 얼굴, 즐거운 얼굴. 모든 사람이 그렇듯 그들 역시 어둠에서 빛으로 흘러나왔다가 다시 어둠 속으로 사라졌다.

네 개의 서명(1890)

SEPTEMBER

It was a September evening, and not yet seven o'clock, but the day
had been a dreary one, and a dense drizzly fog lay low upon the great
city. Mud-coloured clouds drooped sadly over the muddy streets.
Down the Strand the lamps were but misty splotches of diffused light
which threw a feeble circular glimmer upon the slimy pavement. The
yellow glare from the shop-windows streamed out into the steamy,
vaporous air and threw a murky, shifting radiance across the crowded
thoroughfare. There was, to my mind, something eerie and ghost-like
in the endless procession of faces which flitted across these narrow bars
of light-sad faces and glad, haggard and merry. Like all humankind,
they flitted from the gloom into the light, and so back into the gloom
once more.

The Sign of Four (1890)

9월 1일 **해군 조약문**(1893)

그가 말했다. "아주 흔해 빠진 살인 사건이야. 내 생각에 자네가 더 나
은 사건을 물어 온 것 같군. 자네는 범죄 사건을 물어 오는 바다제비잖
나, 왓슨."

SEPTEMBER 1 **The Naval Treaty**(1893)

"A very commonplace little murder," said he. "You've got something
better, I fancy. You are the stormy petrel of crime, Watson."

9월 2일 글로리아 스콧호(1893)

"빅터 트레버 이야기는 한 적이 없지?" 그가 물었다.

"트레버는 내가 2년 동안 대학을 다니면서 유일하게 사귄 친구일세. 나는 원래부터 별로 사교적인 성격이 아니었네, 왓슨. 언제나 방에 틀어박혀서 나만의 생각 체계를 가다듬는 데 집중하느라 또래 친구들과 별로 어울리지 못했지. 펜싱과 권투 말고는 운동에 취미도 없었고, 내가 하는 공부도 다른 학생들과 꽤 달라서 함께 어울릴 일도 없었지. 트레버는 내가 사귄 유일한 친구였는데, 그것도 어느 날 아침 교회에 가는 길에 그의 수컷 테리어가 내 발목을 물고 늘어지는 사고가 생겼기 때문이지. 우정을 쌓는 방식치고는 지루했을지 모르지만 효과는 좋았어."

SEPTEMBER 2 The 'Gloria Scott' (1893)

"You never heard me talk of Victor Trevor?" he asked.

"He was the only friend I made during the two years I was at college. I was never a very sociable fellow, Watson, always rather fond of moping in my rooms and working out my own little methods of thought, so that I never mixed much with the men of my year. Bar fencing and boxing I had few athletic tastes, and then my line of study was quite distinct from that of the other fellows, so that we had no points of contact at all. Trevor was the only man I knew, and that only through the accident of his bull terrier freezing on to my ankle one morning as I went down to chapel.

"It was a prosaic way of forming a friendship, but it was effective."

9월 3일 네 개의 서명(1890)

"참 희한하다니까. 자네가 보여 주는 엄청난 활력과 의욕이 게으른 상
태와 번갈아 가면서 나타난다니."

"맞아. 나는 아주 게으른 동시에 활력이 넘치기도 하지." 그가 대꾸했다.

SEPTEMBER 3 The Sign of Four(1890)

"Strange," said I, "how terms of what in another man I should call
laziness alternate with your fits of splendid energy and vigour."

"Yes," he answered, "there are in me the makings of a very fine loafer,
and also of a pretty spry sort of a fellow."

9월 4일 **마지막 사건**(1893)

"자넨 영국으로 돌아가는 게 좋겠네, 왓슨."

"왜?"

"앞으로 내가 자네에게 더욱 위험한 동행이 될 것이기 때문이지. 저 남자는 모든 걸 잃었어. 런던으로 돌아가면 파멸하겠지. 내가 그의 성격을 제대로 파악한 거라면 그는 있는 힘을 다해 내게 복수하려 할 걸세. 예전에 잠깐 만났을 때도 그렇게 말했는데, 그게 진심이었다고 생각하네. 자네는 본업으로 돌아갈 것을 권하는 바네."

그의 오랜 친구이자 산전수전 다 겪은 나로서는 받아들일 수 없는 이야기였다.

SEPTEMBER 4 **The Final Problem**(1893)

"I think that you had better return to England, Watson."

"Why?"

"Because you will find me a dangerous companion now. This man's occupation is gone. He is lost if he returns to London. If I read his character right he will devote his whole energies to revenging himself upon me. He said as much in our short interview, and I fancy that he meant it. I should certainly recommend you to return to your practice."

It was hardly an appeal to be successful with one who was an old campaigner as well as an old friend.

9월 5일 **등나무 집**(1908)

"잠깐만요. 당신은 내 친구 왓슨과 비슷하군요. 왓슨에게도 거꾸로 결말부터 이야기하는 안 좋은 버릇이 있거든요." 홈즈가 웃으면서 말했다.

SEPTEMBER 5 The Adventure of Wisteria Lodge(1908)

"Come, come, sir," said Holmes, laughing. "You are like my friend, Dr. Watson, who has a bad habit of telling his stories wrong end foremost."

9월 6일 기어 다니는 남자의 비밀(1923)

1903년 9월 초의 어느 일요일 저녁이었다. 나는 홈즈 특유의 짤막한 메시지를 받았다.

"별일 없으면 당장 올 것. 별일 있어도 와야 함."

SEPTEMBER 6 **The Adventure of the Creeping Man**(1923)

It was one Sunday evening early in September of the year 1903 that I received one of Holmes's laconic messages:

Come at once if convenient-if inconvenient come all the same.

9월 7일 **얼룩 띠의 비밀**(1892)

깊어 가는 어둠 속에 나란히 앉아 있는데 홈즈가 내게 말했다. "오늘 밤 자네에게 함께 가자고 하기가 망설여지는군. 이건 분명히 위험한 일이니까 말이야."

"내가 도움이 되겠나?"

"자네가 있으면 큰 도움이 되지."

"그렇다면 같이 가야지."

"정말 고맙네."

SEPTEMBER 7 **The Adventure of the Speckled Band**(1892)

"Do you know, Watson," said Holmes, as we sat together in the gathering darkness, "I really have some scruples as to taking you to-night. There is a distinct element of danger."

"Can I be of assistance?"

"Your presence might be invaluable."

"Then I shall certainly come."

"It is very kind of you."

9월 8일 네 개의 서명(1890)

"이보게, 왓슨. 자넨 아주 피곤해 보이는군. 여기 소파에 눕게. 내가 잠들게 해 주지."

그는 구석에서 바이올린을 집어 들었고, 내가 소파에 눕자 감미롭고 나지막한 음악을 연주하기 시작했다. 그가 직접 지은 곡이 틀림없었다. 그는 즉흥 연주 실력이 무척 뛰어났기 때문이다. 그의 길쭉한 팔다리와 진지한 얼굴, 활이 오르내리는 모습이 희미하게 잦아들었다. 나는 부드러운 소리의 바다를 타고 꿈의 세계로 빠져들었다. 꿈속에서 메리 모스턴의 아름다운 얼굴이 나를 내려다보고 있었다.

SEPTEMBER 8 **The Sign of Four**(1890)

"Look here, Watson; you look regularly done. Lie down there on the sofa and see if I can put you to sleep."

He took up his violin from the corner, and as I stretched myself out he began to play some low, dreamy, melodious air-his own, no doubt, for he had a remarkable gift for improvisation. I have a vague remembrance of his gaunt limbs, his earnest face and the rise and fall of his bow. Then I seemed to be floated peacefully away upon a soft sea of sound until I found myself in dreamland, with the sweet face of Mary Morstan looking down upon me.

9월 9일 **자전거 타는 사람**(1903)

"자넨 일을 아주 형편없이 처리했네. 그가 집으로 돌아가자 자넨 그가 누군지 알고 싶어 했지. 그런데 런던의 부동산 소개소를 찾아가다니!"

"그럼 내가 어떻게 했어야 하지?" 내가 발끈해서 외쳤다.

"가장 가까이 있는 술집에 갔어야지. 시골에서는 술집이 소문의 중심지야. 거기 가면 사람들이 집주인은 물론이고 설거지하는 하녀의 이름까지 다 알려 줬을 거라고."

SEPTEMBER 9 **The Adventure of the Solitary Cyclist**(1903)

"You really have done remarkably badly. He returns to the house, and you want to find out who he is. You come to a London house agent!"

"What should I have done?" I cried, with some heat.

"Gone to the nearest public-house. That is the centre of country gossip. They would have told you every name, from the master to the scullery-maid."

9월 10일 **너도밤나무집**(1892)

셜록 홈즈는 데일리 텔레그래프의 광고 지면을 옆으로 밀치며 말했다. "예술 자체를 위해 예술을 사랑하는 사람들은 중요하기는커녕 하찮은 표현을 보고도 종종 큰 기쁨을 얻을 수 있지. 우리의 사건 기록을 보면 자네도 그 사실을 알게 된 것 같아 흐뭇하군. 가끔 윤색하는 경우도 있지만 내가 관여한 유명한 소송 사건이나 화제가 된 재판보다 사소하다고 할 수 있는 사건을 중요하게 다루는 걸 보면 알 수 있지. 물론 내 장기인 논리력과 추리력을 마음껏 발휘하는 사건이 그런 사건이기도 해."

"To the man who loves art for its own sake," remarked Sherlock Holmes, tossing aside the advertisement sheet of the Daily Telegraph, "it is frequently in its least important and lowliest manifestations that the keenest pleasure is to be derived. It is pleasant to me to observe, Watson, that you have so far grasped this truth that in these little records of our cases which you have been good enough to draw up, and, I am bound to say, occasionally to embellish, you have given prominence not so much to the many causes célèbres and sensational trials in which I have figured but rather to those incidents which may have been trivial in themselves, but which have given room for those faculties of deduction and of logical synthesis which I have made my special province."

9월 11일 **네 개의 서명**(1890)

"난 어림짐작 같은 건 하지 않는다네. 그건 논리적 능력을 파괴하는 끔찍한 습관이니까."

SEPTEMBER 11 **The Sign of Four**(1890)

"I never guess. It is a shocking habit-destructive to the logical faculty."

9월 12일 블랙 피터(1904)

그가 아침 식사 전에 밖으로 나가는 바람에 나 혼자 식사를 하려 앉아 있을 때였다. 그가 모자를 쓰고 겨드랑이 밑에 우산처럼 작살을 낀 채 성큼 방으로 들어섰다.

내가 외쳤다.

"맙소사, 홈즈! 설마 그걸 들고 런던 거리를 활보했다고 말하려는 건 아니겠지?"

"마차를 타고 푸줏간에 다녀왔네."

"푸줏간에?"

"돌아오니 엄청 식욕이 동하는군. 왓슨, 아침 식사 전의 운동이 값지다는 데는 의심의 여지가 없어."

SEPTEMBER 12 The Adventure of Black Peter(1904)

He had gone out before breakfast, and I had sat down to mine when he strode into the room, his hat upon his head and a huge barbed-headed spear tucked like an umbrella under his arm.

"Good gracious, Holmes!" I cried. "You don't mean to say that you have been walking about London with that thing?"

"I drove to the butcher's and back."

"The butcher's?"

"And I return with an excellent appetite. There can be no question, my dear Watson, of the value of exercise before breakfast."

9월 13일 프란시스 카팍스 여사의 실종(1911)

셜록 홈즈는 너무 애가 타서 대화를 할 수도 없고, 너무 불안해서 잠을
이룰 수도 없었다. 내가 그의 곁을 떠날 때, 그는 검고 짙은 눈썹을 찌
푸리고 긴 손가락으로 초초하게 안락의자의 팔걸이를 툭툭 두드리며
줄담배를 피우고 있었다. 머릿속으로 이 사건의 가능한 모든 해결책을
곱씹어 보고 있을 것이었다.

SEPTEMBER 13 The Disappearance of Lady Frances Carfax(1911)

Sherlock Holmes was too irritable for conversation and too restless
for sleep. I left him smoking hard, with his heavy, dark brows knot-
ted together, and his long, nervous fingers tapping upon the arms of
his chair, as he turned over in his mind every possible solution of the
mystery.

9월 14일 **마지막 사건**(1893)

"이건 자네와 나의 결투일세, 홈즈. 자네는 나를 피고석에 세우고 싶겠지. 하지만 내가 피고석에 서는 일은 절대 없을 거야. 날 이기고 싶겠지. 하지만 자넨 결코 날 이길 수 없어. 자네가 나를 파멸시킬 수 있을 만큼 영리하다면 나 또한 자네 못지않다는 걸 명심하게."

홈즈가 말했다. "내게 여러 가지 칭찬을 해 주었군, 모리어티. 나도 한마디 하지. 자네를 파멸시킬 수만 있다면 대중의 이익을 위해 나 자신의 파멸을 기꺼이 감수할 수 있다네."

SEPTEMBER 14 **The Final Problem**(1893)

"It has been a duel between you and me, Mr. Holmes. You hope to place me in the dock. I tell you that I will never stand in the dock. You hope to beat me. I tell that you will never beat me. If you are clever enough to bring destruction upon me, rest assured that I shall do as much to you."

"You have paid me several compliments, Mr. Moriarty," said [Holmes]. "Let me pay you one in return when I say that if I were assured of the former eventuality I would, in the interests of the public, cheerfully accept the latter."

9월 15일 **등나무 집**(1908)

"어떤 가설을 세웠나 보군요, 베인스 경위?"

"네. 그리고 직접 조사해 볼 겁니다. 홈즈 선생님. 오로지 제 명예를 위해서요. 선생님은 이미 이름을 널리 알리셨지만 전 아직 아닙니다. 나중에 선생님의 도움 없이 사건을 해결했다고 말할 수만 있다면 정말 기쁘겠네요."

SEPTEMBER 15 **The Adventure of Wisteria Lodge**(1908)

"You have a theory then, [Inspector Baynes]?"

"And I'll work it myself, Mr. Holmes. It's only due to my own credit to do so. Your name is made, but I still have to make mine. I should be glad to be able to say afterwards that I had solved it without your help."

9월 16일 **네 개의 서명**(1890)

홈즈와 함께 자리에 앉아 말없이 담배를 피우다가 내가 말했다. "그래, 우리의 드라마도 이렇게 막을 내렸군. 그런데 아쉽지만 내가 자네의 수사 기법을 연구할 기회는 이번이 마지막일 것 같네. 영광스럽게도 모스턴 양이 나를 그녀의 남편으로 받아 주겠다고 했거든."

그는 안타까운 듯 길게 한숨을 내쉬었다.

"자네를 축하할 수 없을 것 같아 유감이군." 그가 말했다.

나는 조금 씁쓸했다.

"내 선택에 만족하지 못하는 이유라도 있나?" 내가 물었다.

"전혀 없네. 모스턴 양은 내가 본 여성 중 가장 매력적인 아가씨고, 우리가 하는 일에도 큰 도움이 됐지. 그녀는 분명 이런 쪽에 재능이 있어. 아버지가 남긴 수많은 문서 중에 아그라 요새의 도면을 보관하고 있던 것만 봐도 알 수 있지. 하지만 사랑이란 감정적인 것이네. 감정적인 것은 무엇이든 내가 가장 중요하게 생각하는 냉철한 이성을 거스르지. 올바른 판단을 내리기 위해 난 평생 결혼하지 않을 걸세."

"난 내 이성이 사랑이라는 시련 속에서도 살아남을 거라고 믿네." 나는 웃으면서 말했다.

SEPTEMBER 16 The Sign of Four(1890)

"Well, and there is the end of our little drama," I remarked, after we had sat some time smoking in silence. "I fear that it may be the last investigation in which I shall have the chance of studying your methods. Miss Morstan has done me the honour to accept me as a husband in prospective."

He gave a most dismal groan.

"I feared as much," said he. "I really cannot congratulate you."

I was a little hurt.

"Have you any reason to be dissatisfied with my choice?" I asked.

"Not at all. I think she is one of the most charming young ladies I ever met and might have been most useful in such work as we have been doing. She had a decided genius that way; witness the way in which she preserved that Agra plan from all the other papers of her father. But love is an emotional thing, and whatever is emotional is opposed to that true cold reason which I place above all things. I should never marry myself, lest I bias my judgment."

"I trust," said I, laughing, "that my judgment may survive the ordeal."

9월 17일 **등나무 집**(1908)

"왓슨, 이 중요한 두 가지 사실을 만족시킬 가설을 찾는 건 인간의 능력으로 불가능할까? 이상야릇한 글귀가 적힌 의문의 편지까지 설명할 수 있다면 잠정적으로 받아들일 수 있을 텐데 말이지. 앞으로 밝혀질 새로운 정보들도 모두 그 가설에 부합된다면 정답이 되겠지."

"그런데 그 가설이 뭐지?"

홈즈는 눈을 반쯤 감고 의자에 몸을 깊이 파묻었다.

SEPTEMBER 17 **The Adventure of Wisteria Lodge**(1908)

"Now, my dear Watson, is it beyond the limits of human ingenuity to furnish an explanation which would cover both these big facts? If it were one which would also admit of the mysterious note with its very curious phraseology, why, then it would be worth accepting as a temporary hypothesis. If the fresh facts which come to our knowledge all fit themselves into the scheme, then our hypothesis may gradually become a solution."

"But what is our hypothesis?"

Holmes leaned back in his chair with half-closed eyes.

9월 18일 공포의 계곡(1915)

"이제 어떻게 해야 하죠?" 맥도날드가 조금 퉁명스럽게 물었다.

"참을성 있게 기다려야죠. 아무 소리도 내지 않도록 조심해야 하고요."
홈즈가 대꾸했다.

SEPTEMBER 18 The Valley of Fear(1915)

"Well, what are we to do now?" asked MacDonald with some gruff-
ness.

"Possess our souls in patience and make as little noise as possible,"
Holmes answered.

9월 19일 **너도밤나무집**(1892)

"나는 아이를 관찰해서 부모의 성격을 파악하는 데 필요한 실마리를 얻은 적이 여러 번 있다네."

SEPTEMBER 19 **The Adventure of the Copper Beeches**(1892)

"I have frequently gained my first real insight into the character of parents by studying their children."

9월 20일 **다섯 개의 오렌지 씨앗**(1891)

"가엾은 아버지가 세상을 떠나신 건 1885년 1월입니다. 그 뒤로 2년
8개월이 지났지요. 그동안 저는 호섬에서 행복하게 지냈고, 우리 집안
에서 저주가 사라졌다는 희망을 품기 시작했죠. 아버지 대에서 끝났
다고 생각한 거예요. 하지만 그건 섣부른 생각이었습니다. 어제 아침
우리 아버지를 덮친 모습 그대로 불행이 찾아왔으니까요."

SEPTEMBER 20 **The Five Orange Pips**(1891)

"It was in January, '85, that my poor father met his end, and two
years and eight months have elapsed since then. During that time I
have lived happily at Horsham, and I had begun to hope that this
curse had passed away from the family, and that it had ended with the
last generation. I had begun to take comfort too soon, however; yes-
terday morning the blow fell in the very shape in which it had come
upon my father."

9월 21일 **마자랭의 다이아몬드**(1921)

백작이 자리에서 일어나더니 한 손을 등 뒤로 가져갔다. 홈즈는 실내
복 주머니에 손을 집어넣고 뭔가를 반쯤 끄집어냈다.

"넌 곱게 죽진 못할 거다, 홈즈."

"나도 종종 그런 생각이 들 때가 있지. 그런데 그게 뭐 대수인가? 어차
피 당신 앞길도 순탄하지는 못할 것 같은데 말이지."

SEPTEMBER 21 **The Adventure of the Mazarin Stone**(1921)

The Count had risen from his chair, and his hand was behind his
back. Holmes held something half protruding from the pocket of his
dressing-gown.

"You won't die in your bed, Holmes."

"I have often had the same idea. Does it matter very much? After all,
Count, your own exit is more likely to be perpendicular than hori-
zontal."

9월 22일 찰스 오거스터스 밀버턴(1904)

"내가 결혼할 사람처럼 보이지 않나, 왓슨?"

"그럴 리가!"

"내가 약혼했다는 말을 들으면 솔깃하겠군."

"세상에! 축하……."

"밀버튼 가의 가정부와 약혼했네."

"맙소사, 홈즈!"

"정보가 필요했네, 왓슨."

"너무 지나친 거 아닌가?"

"꼭 해야 하는 일이었다네."

SEPTEMBER 22 The Adventure of Charles Augustus Milverton(1904)

"You would not call me a marrying man, Watson?"

"No, indeed!"

"You'll be interested to hear that I'm engaged."

"My dear fellow! I congrat-"

"To Milverton's housemaid."

"Good heavens, Holmes!"

"I wanted information, Watson."

"Surely you have gone too far?"

"It was a most necessary step."

9월 23일 네 개의 서명(1890)

"사람을 판단할 때 가장 중요한 건 개개인에게 편견을 갖지 않는 거야. 내게 의뢰인은 사건의 한 단위이자 요소일 뿐이네. 감정에 휩쓸리면 이성적인 추리를 하는 데 방해가 되지. 내가 봤던 가장 매력적인 여자는 보험금을 타내려고 세 아이를 독살시킨 죄로 교수형을 당했다네. 그리고 내가 아는 사람 중 가장 험상궂게 생긴 사람은 런던의 빈민층에 거의 25만 파운드를 기부한 자선가였지."

SEPTEMBER 23 The Sign of Four(1890)

"It is of the first importance," he said, "not to allow your judgment to be biased by personal qualities. A client is to me a mere unit, a factor in a problem. The emotional qualities are antagonistic to clear reasoning. I assure you that the most winning woman
I ever knew was hanged for poisoning three little children for their insurance-money, and the most repellent man of my acquaintance is a philanthropist who has spent nearly a quarter of a million upon the London poor."

9월 24일 **빨간 머리 연맹**(1891)

"자넨 이제 뭘 할 생각이지?" 내가 물었다.

"담배를 피우겠네. 이건 딱 파이프 세 대짜리 문제야. 미안하지만 앞으로 50분 동안은 내게 말을 걸지 말아 주게." 홈즈가 대꾸했다.

SEPTEMBER 24 **The Red-Headed League**(1891)

"What are you going to do, then?" I asked.

"To smoke," he answered. "It is quite a three pipe problem, and I beg that you won't speak to me for fifty minutes."

9월 25일 입술 뒤틀린 사나이(1891)

그는 코트와 조끼를 벗고 헐렁한 푸른색 실내복으로 갈아입었다. 그러
고는 방 안을 이리저리 돌아다니며 침대에서는 베개를, 소파와 안락의
자에서는 쿠션을 가져 왔다. 그걸 갖고 낮고 긴 동양식 좌식 의자 같은
것을 만들었고, 그 위에 다리를 꼬고 앉았다. 그 앞에는 섀그 담배와
성냥갑을 1온스 챙겨 놓았다.

SEPTEMBER 25 The Man with the Twisted Lip(1891)

He took off his coat and waistcoat, put on a large blue dressing-gown,
and then wandered about the room collecting pillows from his bed
and cushions from the sofa and armchairs. With these he constructed
a sort of Eastern divan, upon which he perched himself cross-legged,
with an ounce of shag tobacco and a box of matches laid out in front
of him.

9월 26일 **악마의 발**(1910)

그는 팔걸이의자에 웅크리고 앉았다. 수척하고 금욕적인 얼굴이 푸르스름하게 소용돌이치는 담배 연기에 가려 거의 보이지 않았다. 그는 검은 눈썹을 한껏 찡그리고, 이마에 주름을 잡은 채 멍하니 먼 곳을 응시했다. 그러다 마침내 파이프 담배를 내려놓고 벌떡 일어섰다.

그가 웃으면서 말했다. "왓슨, 도저히 안 되겠네! 같이 절벽을 산책하며 화살촉이 있는지 찾아보세. 이 문제의 단서보다 그걸 찾는 게 더 쉽겠어. 충분한 자료도 없는데 두뇌를 굴리는 건 엔진을 헛돌게 하는 거나 마찬가지라네. 그럼 엔진도 산산조각 나고 말겠지. 바닷바람, 햇빛, 인내심, 이것만 있으면 다른 건 저절로 따라올 거야, 왓슨."

SEPTEMBER 26 **The Adventure of the Devil's Foot**(1910)

He sat coiled in his armchair, his haggard and ascetic face hardly visible amid the blue swirl of his tobacco smoke, his black brows drawn down, his forehead contracted, his eyes vacant and far away. Finally he laid down his pipe and sprang to his feet.

"It won't do, Watson!" said he with a laugh. "Let us walk along the cliffs together and search for flint arrows. We are more likely to find them than clues to this problem. To let the brain work without sufficient material is like racing an engine. It racks itself to pieces. The sea air, sunshine, and patience, Watson-all else will come."

9월 27일 **실버 블레이즈**(1892)

그날 온종일 내 친구는 고개를 숙이고 이맛살을 찌푸린 채 방 안을 돌아다녔다. 가장 독한 검은 담배를 파이프에 여러 차례 눌러 담고, 내가 무슨 질문이나 말을 해도 좀처럼 대꾸하지 않았다. 신문 판매업자가 종류별로 갖다 주는 따끈따끈한 신문도 건성으로 슬쩍 훑어보고 구석에 던져 버렸다. 하지만 홈즈가 입을 다물고 있어도 나는 그가 어떤 생각에 골몰해 있는지 훤히 꿰뚫어 볼 수 있었다.

신문에 난 기사 가운데 그의 분석 능력에 도전장을 던질 수 있는 사건은 하나뿐이었다. 웨식스 배 경마 대회의 우승 예상 마의 기이한 실종과, 그 기수의 비극적인 살인 사건이었다. 따라서 그가 불쑥 극적인 사건 현장으로 출발하겠다고 선언한 것은 내가 이미 예상하고 바라던 바였다.

SEPTEMBER 27 **Silver Blaze**(1892)

For a whole day my companion had rambled about the room with his chin upon his chest and his brows knitted, charging and recharging his pipe with the strongest black tobacco, and absolutely deaf to any of my questions or remarks. Fresh editions of every paper had been sent up by our news agent, only to be glanced over and tossed down into a corner. Yet, silent as he was, I knew perfectly well what it was over which he was brooding. There was but one problem before the public which could challenge his powers of analysis, and that was the singular disappearance of the favourite for the Wessex Cup, and the tragic murder of its trainer. When, therefore, he suddenly announced his intention of setting out for the scene of the drama, it was only what I had both expected and hoped for.

9월 28일 **다섯 개의 오렌지 씨앗**(1891)

9월 하순이었고, 추분이면 몰아치는 강풍이 유난히 세차게 불었다. 바람은 온종일 아우성을 쳤고 빗줄기가 창문을 내리쳤다. 거대한 인공 도시 런던의 심장부에서 판에 박힌 일상에 파묻혀 살아온 우리도 잠시나마 퍼뜩 정신이 들어 거대한 자연의 힘을 깨달을 수밖에 없었다. 대자연은 우리에 갇힌 야수처럼 문명의 창살 사이로 인간을 향해 울부짖었다. 날이 저물면서 폭풍우는 더욱 거세어졌고, 바람은 굴뚝 속에서 흐느껴 울었다. 셜록 홈즈는 침울하게 벽난로 한쪽 옆에 앉아 사건 기록에 대한 색인을 만들었고, 나는 맞은편에서 클라크 러셀이 쓴 위대한 해양 소설에 푹 빠져 있었다. 어디서 불어오는지 알 수 없는 돌풍이 책 속으로 넘나들고, 쏟아지는 빗소리는 파도가 밀려오는 소리처럼 들렸다.

SEPTEMBER 28 **The Five Orange Pips**(1891)

It was in the latter days of September, and the equinoctial gales had set in with exceptional violence. All day the wind had screamed and the rain had beaten against the windows, so that even here in the heart of great, hand-made London we were forced to raise our minds for the instant from the routine of life, and to recognize the presence of those great elemental forces which shriek at mankind through the bars of his civilization, like untamed beasts in a cage. As evening drew in, the storm grew higher and louder, and the wind cried and sobbed like a child in the chimney. Sherlock Holmes sat moodily at one side of the fireplace cross-indexing his records of crime, whilst I at the other was deep in one of Clark Russell's fine sea-stories, until the howl of the gale from without seemed to blend with the text, and the splash of the rain to lengthen out into the long swash of the sea waves.

9월 29일 얼룩 띠의 비밀(1892)

깊은 밤의 정적을 깨뜨리며 난생 처음 들어 보는 처절한 비명이 들렸
다. 고통과 두려움, 분노가 뒤섞인 섬뜩한 비명은 점점 더 커졌다. 사
람들 말에 따르면 그 소리는 마을을 지나 멀리 떨어져 있는 교회에까
지 들렸다고 한다. 침대에 잠들어 있는 사람들도 자리에서 일어났다.
심장이 싸늘하게 얼어붙는 것 같았다. 소리의 마지막 여운이 고요 속
으로 잦아들 때까지 나와 홈즈는 서로 얼굴만 바라보며 멍하니 서 있
었다.

"이게 무슨 뜻이지?" 나는 숨을 헐떡거리며 물었다.

"모든 게 끝났다는 거지. 어쩌면 이게 최선일 거야." 홈즈가 대꾸했다.

SEPTEMBER 29 The Adventure of the Speckled Band(1892)

Suddenly there broke from the silence of the night the most horrible
cry to which I have ever listened. It swelled up louder and louder,
a hoarse yell of pain and fear and anger all mingled in one dreadful
shriek. They say that away down in the village, and even in the distant
parsonage, that cry raised the sleepers from their beds. It struck cold
to our hearts, and I stood gazing at Holmes, and he at me, until the
last echoes of it had died away into the silence from which it rose.

"What can it mean?" I gasped.

"It means that it is all over," Holmes answered. "And perhaps, after
all, it is for the best."

보헤미아 왕국의 스캔들(1891)

추리 과정이 너무 간단해서 나는 웃음을 터뜨리고 말았다. 내가 말했
다. "자네 설명을 듣고 보면 모든 게 어처구니없을 정도로 단순해서 나
도 쉽게 할 수 있을 것 같네. 하지만 매번 새로운 사례를 접할 때마다
자네에게 설명을 듣기 전까지는 난 전혀 감이 잡히지 않는다니까."

SEPTEMBER 30 **A Scandal in Bohemia**(1891)

I could not help laughing at the ease with which he explained
his process of deduction. "When I hear you give your reasons," I
remarked, "the thing always appears to me to be so ridiculously simple
that I could easily do it myself, though at each successive instance of
your reasoning I am baffled, until you explain your process."

OCTOBER

10월

10월

바람이 거세게 불던 10월의 어느 날 아침이었다. 나는 옷을 갈아입으면서 뒤뜰을 장식한 플라타너스에서 마지막으로 남아 있는 이파리 몇 장이 떨어지는 모습을 바라보았다. 나는 아침 식사를 하러 내려가면서 내 친구가 우울한 표정으로 앉아 있을 것이라 생각했다. 여느 위대한 예술가처럼 그는 주변 상황에 아주 민감했기 때문이다. 하지만 놀랍게도 그는 식사를 거의 다 마쳤고, 기분도 유난히 밝고 즐거워 보였다. 그가 기분이 좋을 때면 나는 늘 불길한 예감이 들었다.

"사건이 들어왔나, 홈즈?" 내가 물었다.

"추리력에는 확실히 전염성이 있나 보군."

토르 다리의 문제(1922)

OCTOBER

It was a wild morning in October, and I observed as I was dressing how the last remaining leaves were being whirled from the solitary plane tree which graces the yard behind our house. I descended to breakfast prepared to find my companion in depressed spirits, for, like all great artists, he was easily impressed by his surroundings. On the contrary, I found that he had nearly finished his meal, and that his mood was particularly bright and joyous, with that somewhat sinister cheerfulness which was characteristic of his lighter moments.

"You have a case, Holmes?" I remarked.

"The faculty of deduction is certainly contagious."

The Problem of Thor Bridge(1922)

10월 1일 네 개의 서명(1890)

"이걸 보게." 홈즈가 의미심장하게 눈썹을 치켜올리며 말했다.

나는 전등 불빛 아래 적힌 글을 보고 소름이 끼쳤다. '네 개의 서명.'

"맙소사, 도대체 이게 무슨 뜻이지?" 내가 물었다.

"살인 사건이라는 뜻이지."

OCTOBER 1 The Sign of Four(1890)

"You see," he said with a significant raising of the eyebrows.

In the light of the lantern I read with a thrill of horror, "The sign of the four."

"In God's name, what does it all mean?" I asked.

"It means murder."

10월 2일 **바스커빌 가문의 개**(1902)

"과학을 신봉하는 선생께서는 그 짐승이 초자연적인 존재라는 말을 믿으십니까?"

"뭘 믿어야 할지 모르겠습니다."

홈즈는 어깨를 으쓱했다. 그가 말했다.

"지금까지 저는 조사를 이 세계에 국한시켜 왔습니다. 기껏해야 악의 무리에 맞설 뿐이었고요. 악의 근원 자체를 뿌리 뽑겠다는 건 지나치게 야심만만한 생각이죠."

OCTOBER 2 **The Hound of the Baskervilles**(1902)

"And you, a trained man of science, believe it to be supernatural?"

"I do not know what to believe." Holmes shrugged his shoulders.

"I have hitherto confined my investigations to this world," said he. "In a modest way I have combated evil, but to take on the Father of Evil himself would, perhaps, be too ambitious a task."

10월 3일 실버 블레이즈(1892)

"잘 가고 있군." 그가 창밖을 내다보고 시계를 확인하더니 말했다. "지금 시속 88㎞로 가고 있어."

"400m 푯말을 못 봤는데." 내가 말했다.

"나도 못 봤어. 하지만 이곳에는 전신주가 55m 간격으로 서 있어서 계산이 간단하지."

OCTOBER 3 Silver Blaze(1892)

"We are going well," said he, looking out of the window and glancing at his watch. "Our rate at present is fifty-three and a half miles an hour."

"I have not observed the quarter-mile posts," said I.

"Nor have I. But the telegraph posts upon this line are sixty yards apart, and the calculation is a simple one."

10월 4일 **바스커빌 가문의 개**(1902)

"제가 직접 다트무어에 갈 수 없다는 건 아시겠죠."

"그럼 누구와 같이 가는 게 좋을까요?"

홈즈가 내 팔을 잡았다.

"이 친구가 같이 가 주겠다고만 하면 경이 곤경에 처해 있을 때 이보다 더 믿음직한 사람은 없을 겁니다. 그건 제가 누구보다 자신 있게 말할 수 있지요."

OCTOBER 4 **The Hound of the Baskervilles**(1902)

"You will see how impossible it is for me to go to Dartmoor."

"Whom would you recommend, then?"

Holmes laid his hand upon my arm.

"If my friend would undertake it there is no man who is better worth having at your side when you are in a tight place. No one can say so more confidently than I."

10월 5일 찰스 오거스터스 밀버턴(1904)

홈즈는 어둠 속에서 앞을 볼 수 있는 능력이 뛰어날 뿐 아니라, 그동안
신중하게 개발해 오기도 했다.

OCTOBER 5 The Adventure of Charles Augustus Milverton(1904)

Holmes had remarkable powers, carefully cultivated, of seeing in the
dark.

10월 6일 **해군 조약문**(1893)

홈즈가 시험관 속에 시험지를 담그자 그것은 곧바로 탁한 진홍색으로 변했다. 홈즈가 외쳤다. "마침 결정적일 때 왔군. 이 시험지가 계속 푸른색으로 남아 있다면 아무 문제가 없는 걸세. 붉게 변한다면 생명이 달린 문제라는 뜻이고. 흠! 이럴 줄 알았어!"

OCTOBER 6 **The Naval Treaty**(1893)

"You come at a crisis, Watson," said he. "If this paper remains blue, all is well. If it turns red, it means a man's life." He dipped it into the test-tube and it flushed at once into a dull, dirty crimson. "Hum! I thought as much!" he cried.

10월 7일 **얼룩 띠의 비밀**(1892)

내가 외쳤다. "홈즈, 자네가 무슨 말을 하는지 알 것 같네. 우리가 때맞춰 왔으니 교활하고 끔찍한 범죄를 막을 수 있겠군."

"정말 교활하고 끔찍하지. 의사는 마음만 먹으면 얼마든지 일류 범죄자가 될 수 있어. 대담한 데다 지식까지 갖추었으니까."

OCTOBER 7 **The Adventure of the Speckled Band**(1892)

"Holmes," I cried, "I seem to see dimly what you are hinting at. We are only just in time to prevent some subtle and horrible crime."

"Subtle enough, and horrible enough. When a doctor does go wrong, he is the first of criminals. He has nerve and he has knowledge."

10월 8일 마지막 사건(1893)

"이번 사건을 풀기 위해 노력하는 자네의 모습을 지켜보는 건 내겐 크
나큰 지적 즐거움이었지. 솔직히 말해 극단적인 수단을 취할 수밖에
없다는 게 안타깝기까지 하네. 자넨 지금 웃지만 이건 내 진심이야."
홈즈가 말했다. "위험은 내 일의 일부지."
모리어티가 대꾸했다. "이건 위험이 아닐세. 피할 수 없는 파멸이지."

OCTOBER 8 The Final Problem(1893)

"It has been an intellectual treat to me to see the way in which you
have grappled with this affair, and I say, unaffectedly, that it would be
a grief to me to be forced to take any extreme measure. You smile, sir,
but I assure you that it really would."

"Danger is part of my trade," [Holmes] remarked.

"This is not danger," said [Moriarty]. "It is inevitable destruction."

10월 9일 **빨간 머리 연맹**(1891)

"문이 닫힌 채로 잠겨 있었습니다. 문 한가운데 압정으로 사각형의 작은 종이를 붙여 놓았더군요. 바로 이겁니다. 직접 읽어 보시죠."
그는 편지지만 한 크기의 하얀 종이를 내밀었다. 거기에는 이렇게 적혀 있었다.

빨간 머리 연맹을 해산함.
1890년 10월 9일

OCTOBER 9 **The Red-Headed League**(1891)

"The door was shut and locked, with a little square of card-board hammered on to the middle of the panel with a tack. Here it is, and you can read for yourself."
He held up a piece of white card-board about the size of a sheet of note-paper. It read in this fashion-

The Red-Headed League
Is
Dissolved.
October 9, 1890

10월 10일 **네 개의 서명**(1890)

내 머릿속은 우리를 찾아왔던 손님에 대한 생각으로 가득 차 있었다. 그녀의 미소와 깊고 그윽한 목소리, 그녀의 삶에 드리운 기이한 사건. 그녀가 17살 때 아버지가 실종되었다고 했으니 지금은 27살일 것이다. 아주 좋은 나이였다. 청춘의 자의식이 잦아들고 경험이 쌓이면서 조금은 진중해지는 시기였다.

OCTOBER 10 **The Sign of Four**(1890)

My mind ran upon our late visitor-her smiles, the deep rich tones of her voice, the strange mystery which overhung her life. If she were seventeen at the time of her father's disappearance she must be seven-and-twenty now-a sweet age, when youth has lost its self-consciousness and become a little sobered by experience.

10월 11일 신랑의 정체(1891)

"저는 사소한 것이야말로 무엇보다 중요하다고 오래전부터 믿어 왔습
니다."

OCTOBER 11 A Case of Identity(1891)

"It has long been an axiom of mine that the little things are infinitely
the most important."

10월 12일 보헤미아 왕국의 스캔들(1891)

그 무렵 나는 홈즈를 통 만나지 못했다. 결혼을 하면서 사이가 멀어졌기 때문이다. 나 자신의 온전한 행복과, 처음으로 가장이 되어 맞닥뜨리는 소소한 일상에 온 관심이 쏠려 있었다. 반면 보헤미안의 기질을 타고나 모든 종류의 사회적 간섭을 기피하는 홈즈는 계속 베이커 스트리트에 있는 하숙집에 머물러 있었다. 그는 오래된 책들에 파묻힌 채 일주일은 코카인에 취해 있다가 그 다음 일주일은 야망을 불태우는 식으로, 약물에 나른하게 취한 상태와 예리한 본성이 불꽃을 피우는 상태를 오가면서 지냈다. 여전히 범죄 연구에 몰두했으며, 비상한 관찰력과 추리력으로 경찰이 포기한 사건에서 단서를 추적하여 이를 해결했다.

OCTOBER 12 A Scandal in Bohemia(1891)

I had seen little of Holmes lately. My marriage had drifted us away from each other. My own complete happiness, and the home-centred interests which rise up around the man who first finds himself master of his own establishment, were sufficient to absorb all my attention; while Holmes, who loathed every form of society with his whole Bohemian soul, remained in our lodgings in Baker Street, buried among his old books, and alternating from week to week between cocaine and ambition, the drowsiness of the drug, and the fierce energy of his own keen nature. He was still, as ever, deeply attracted by the study of crime, and occupied his immense faculties and extraordinary powers of observation in following out those clues, and clearing up those mysteries which had been abandoned as hopeless by the official police.

10월 13일 **꼽추 사내**(1893)

"왓슨, 자네는 이상적인 추리가를 즐겨 묘사하는데, 내가 바로 그런 사람이라면 그 한마디 말로 모든 상황을 간파했어야 하네."

OCTOBER 13 **The Crooked Man**(1893)

"That one word, my dear Watson, should have told me the whole story had I been the ideal reasoner which you are so fond of depicting."

10월 14일 **입술 뒤틀린 사나이**(1891)

하지만 셜록 홈즈는 풀리지 않는 문제가 있으면 며칠씩, 심지어 일주
일 내내 쉬지 않는 사람이었다. 그는 사건을 거듭 생각하고, 조합해 보
고 모든 관점에서 뜯어보았다. 그래서 기어이 문제를 풀거나, 아니면
자료가 부족하다는 결론이라도 내려야 직성이 풀렸다.

OCTOBER 14 **The Man with the Twisted Lip**(1891)

Sherlock Holmes was a man, however, who, when he had an unsolved
problem upon his mind, would go for days, and even for a week,
without rest, turning it over, rearranging his facts, looking at it from
every point of view, until he had either fathomed it, or convinced
himself that his data were insufficient.

10월 15일 **기어 다니는 남자의 비밀**(1923)

날은 맑았지만 쌀쌀했기 때문에 따뜻한 외투를 입고 있어서 다행이라는 생각이 들었다. 미풍이 불었고, 점점이 하늘을 가로지르는 구름이 이따금 반달을 가리곤 했다. 우리를 이 자리로 이끈 기대감과 흥분이 없고, 우리가 그동안 관심을 보였던 기묘한 일련의 사건을 마무리 짓게 될 거라고 내 친구가 장담하지 않았더라면 뒤숭숭한 불침번이 되었을 것이다.

OCTOBER 15 The Adventure of the Creeping Man(1923)

It was a fine night, but chilly, and we were glad of our warm overcoats. There was a breeze, and clouds were scudding across the sky, obscuring from time to time the half-moon. It would have been a dismal vigil were it not for the expectation and excitement which carried us along, and the assurance of my comrade that we had probably reached the end of the strange sequence of events which had engaged our attention.

10월 16일 **그리스어 통역관**(1893)

"이 문을 열려면 힘을 좀 써야겠군요. 하지만 소리를 듣고 누군가 나올 지도 모릅니다."

그는 거칠게 문을 쾅쾅 두드리고 초인종 줄을 잡아당겼지만 아무 반응이 없었다. 홈즈는 슬그머니 빠져나갔다가 곧 다시 돌아왔다.

"창이 하나 열려 있습니다." 그가 말했다.

"홈즈 씨가 적이 아니라 우리 경찰 편이라서 천만다행입니다." 내 친구가 창문의 걸쇠를 능숙하게 풀었다는 사실을 알아차린 경위가 말했다.

OCTOBER 16 **The Greek Interpreter**(1893)

"It will not be an easy door to force, but we will try if we cannot make someone hear us."

He hammered loudly at the knocker and pulled at the bell, but without any success. Holmes had slipped away, but he came back in a few minutes.

"I have a window open," said he.

"It is a mercy that you are on the side of the force, and not against it, Mr. Holmes," remarked the inspector as he noted the clever way in which my friend had forced back the catch.

10월 17일 네 개의 서명(1890)

"예외는 없네. 예외를 두면 원칙이 소용없어지는 걸세."

OCTOBER 17 The Sign of Four(1890)

"I never make exceptions. An exception disproves the rule."

10월 18일 마자랭의 다이아몬드(1921)

"그런데 왜 식사를 안 하는 거지?"

"끼니를 걸러야 정신이 또렷해지기 때문이지. 왓슨, 의사로서 자네도 인정할 거야. 소화 기관이 가져가는 만큼 두뇌에서 혈액을 잃게 된다는 사실 말일세. 나에게는 두뇌야, 왓슨. 다른 장기는 부속 기관에 불과하다고. 그러니 무엇보다 먼저 생각해야 할 건 두뇌지."

OCTOBER 18 The Adventure of the Mazarin Stone(1921)

"But why not eat?"

"Because the faculties become refined when you starve them. Why, surely, as a doctor, my dear Watson, you must admit that what your digestion gains in the way of blood supply is so much lost to the brain. I am a brain, Watson. The rest of me is a mere appendix. Therefore, it is the brain I must consider."

10월 19일 **다섯 개의 오렌지 씨앗**(1891)

홈즈가 비로소 입을 열었다. "내 자존심에 금이 갔네, 왓슨. 하찮은 감정이긴 하지만 내 자존심이 짓밟혔어. 이 사건은 이제 내 개인적인 문제가 되었으니 신이 내게 건강을 허락하는 한 악당들을 뒤쫓을 걸세. 내게 도움을 청하러 온 사람을 죽게 만들다니……."

OCTOBER 19 **The Five Orange Pips**(1891)

"That hurts my pride, Watson," he said at last. "It is a petty feeling, no doubt, but it hurts my pride. It becomes a personal matter with me now, and, if God sends me health, I shall set my hand upon this gang. That he should come to me for help, and that I should send him away to his death-!"

10월 20일 **얼룩 띠의 비밀**(1892)

우리는 나무 사이를 지나 잔디밭을 건너갔다. 창문을 타 넘어 안으로 들어가려 하는데 월계수 덤불에서 팔다리가 흉측하게 뒤틀린 아이 같은 형체가 튀어나왔다. 그러고는 뒤틀린 팔다리로 재빨리 잔디밭을 가로지르더니 어둠 속으로 사라졌다.

"세상에! 봤나?" 내가 속삭였다.

그 순간 홈즈도 나처럼 놀란 것 같았다. 그는 흥분해서 내 손목을 꽉 붙들었다. 그러다 이내 웃으며 내 귀에 대고 속삭였다.

"흥미로운 집구석이군. 저건 개코원숭이야."

OCTOBER 20 **The Adventure of the Speckled Band**(1892)

Making our way among the trees, we reached the lawn, crossed it, and were about to enter through the window, when out from a clump of laurel bushes there darted what seemed to be a hideous and distorted child, who threw itself upon the grass with writhing limbs and then ran swiftly across the lawn into the darkness.

"My God!" I whispered; "did you see it?"

Holmes was for the moment as startled as I. His hand closed like a vise upon my wrist in his agitation. Then he broke into a low laugh and put his lips to my ear.

"It is a nice household," he murmured. "That is the baboon."

10월 21일 **너도밤나무집**(1892)

"그런데 자네는 자극적인 것을 피하려다가 사소한 사건에 치우치게 된 건 아닌지 모르겠군."

"결국은 그렇게 된 셈이지. 하지만 내가 사용한 방식은 신선하고 흥미롭지 않은가." 내가 대답했다.

"참 나, 이보게. 치아를 보고도 직공인 줄 모르고 왼손 엄지를 봐도 식자공인 줄 모르는 대중이, 말도 못 하게 부주의한 대중이 분석과 추론의 미묘한 차이를 알아보기나 할까?"

OCTOBER 21 **The Adventure of the Copper Beeches**(1892)

"But in avoiding the sensational, I fear that you may have bordered on the trivial."

"The end may have been so," I answered, "but the methods I hold to have been novel and of interest."

"Pshaw, my dear fellow, what do the public, the great unobservant public, who could hardly tell a weaver by his tooth or a compositor by his left thumb, care about the finer shades of analysis and deduction!"

10월 22일 **블랙 피터**(1904)

"우리는 항상 다른 가능성이 있는지 찾아보고 그것에 대비해야 하네. 그것이 범죄 수사의 제1 규칙이지."

OCTOBER 22 **The Adventure of Black Peter**(1904)

"One should always look for a possible alternative, and provide against it. It is the first rule of criminal investigation."

10월 23일 **네 개의 서명**(1890)

마차가 출발하자 나는 흘깃 뒤를 돌아보았다. 계단에 서 있는 사람들
이 여전히 내 눈에 보이는 것 같았다. 서로 감싸 안은 우아한 두 여인,
반쯤 열린 문, 색유리를 통해 새어 나오는 홀의 불빛, 기압계, 밝은 색
의 양탄자 누르개. 우리가 휘말린 무시무시하고 암울한 사건의 한복판
에서 평화로운 영국 가정의 모습을 얼핏 바라본 것만으로도 마음이 포
근해졌다.

OCTOBER 23 **The Sign of Four**(1890)

As we drove away I stole a glance back, and I still seem to see that
little group on the step-the two graceful, clinging figures, the half-
opened door, the hall-light shining through stained glass, the barom-
eter, and the bright stair-rods. It was soothing to catch even that pass-
ing glimpse of a tranquil English home in the midst of the wild, dark
business which had absorbed us.

10월 24일 보헤미아 왕국의 스캔들(1891)

그는 침실로 들어가더니 이내 온화하고 순박한 비국교도 목사가 되어 나타났다. 챙이 넓은 검은 모자와 헐렁한 바지, 하얀 넥타이, 인자하면 서도 호기심 어린 표정으로 주위를 둘러보는 모습은 영국의 성격파 배우 존 헤어나 따라잡을 수 있을 것 같았다. 홈즈는 단순히 옷만 갈아입은 게 아니었다. 그는 분장할 때 맡는 새로운 역할에 따라 표정과 습관, 영혼 자체까지 탈바꿈하는 것처럼 보였다. 그가 범죄 전문가가 되는 바람에 연극계는 뛰어난 배우를, 과학계는 냉철한 연구자를 잃은 셈이었다.

OCTOBER 24 A Scandal in Bohemia(1891)

He disappeared into his bedroom, and returned in a few minutes in the character of an amiable and simple-minded Nonconformist clergyman. His broad black hat, his baggy trousers, his white tie, his sympathetic smile, and general look of peering and benevolent curiosity were such as Mr. John Hare alone could have equalled. It was not merely that Holmes changed his costume. His expression, his manner, his very soul seemed to vary with every fresh part that he assumed. The stage lost a fine actor, even as science lost an acute reasoner, when he became a specialist in crime.

10월 25일 **입술 뒤틀린 사나이**(1891)

화로 옆에 앉은 키 큰 남자를 지나쳐 가는데 누군가 내 옷자락을 잡아당기며 낮은 목소리로 중얼거렸다. "일단 나를 지나쳐 가. 그런 다음 뒤를 돌아보게." 이 말은 내 귀에 아주 또렷이 들렸다. 나는 힐끔 아래를 내려다보았다. 이런 말을 할 수 있는 사람은 내 옆에 앉은 노인뿐이었다. 그는 약에 흠뻑 취해 있었다. 깡마른 몸에 얼굴은 주름투성이였고, 나이 들어 등이 구부정했다. 완전히 맥이 풀렸는지 아편 파이프가 손가락에서 흘러내려 무릎 사이에 매달려 있었다. 나는 두 발짝 앞으로 가다가 뒤를 돌아보았다. 그러고는 놀라 터져 나오는 탄성을 간신히 삼켰다. 노인이 나만 볼 수 있도록 돌아앉은 순간 모습이 확 달라졌기 때문이다. 구부정하던 몸이 꼿꼿하게 펴지고 주름살은 사라졌으며 게슴츠레하던 눈은 생기를 되찾았다. 화롯가에 앉아 내가 놀라는 걸 보고 씩 웃고 있는 사람은 다름 아닌 셜록 홈즈였다.

OCTOBER 25 **The Man with the Twisted Lip**(1891)

As I passed the tall man who sat by the brazier I felt a sudden pluck at my skirt, and a low voice whispered, "Walk past me, and then look back at me." The words fell quite distinctly upon my ear. I glanced down. They could only have come from the old man at my side, and yet he sat now as absorbed as ever, very thin, very wrinkled, bent with age, an opium pipe dangling down from between his knees, as though it had dropped in sheer lassitude from his fingers. I took two steps forward and looked back. It took all my self-control to prevent me from breaking out into a cry of astonishment. He had turned his back so that none could see him but I. His form had filled out, his wrinkles were gone, the dull eyes had regained their fire, and there, sitting by the fire and grinning at my surprise, was none other than Sherlock Holmes.

10월 26일 **보헤미아 왕국의 스캔들**(1891)

"오늘 아침 8시 경 나는 일자리를 잃은 마부 차림을 하고 집을 나섰네. 마부들은 동료 의식이 강해서 자기들끼리는 감추는 게 없어. 마부의 일원이 되면 필요한 건 뭐든 알 수 있다네."

OCTOBER 26 **A Scandal in Bohemia**(1891)

"I left the house a little after eight o'clock this morning in the character of a groom out of work. There is a wonderful sympathy and freemasonry among horsy men. Be one of them, and you will know all that there is to know."

10월 27일 **찰스 오거스터스 밀버턴**(1904)

홈즈는 바지 주머니에 손을 찔러 넣은 채 불 가에 미동도 없이 앉아 있었다. 턱은 가슴에 닿을 정도로 숙이고, 두 눈은 타오르는 재만을 바라보았다. 30분 동안 그는 말없이 앉아 있기만 했다. 그러다 마음을 굳혔는지 벌떡 일어나 침실로 들어갔다. 잠시 뒤, 염소수염을 기른 날씬하고 젊은 일꾼이 나타났다. 그는 램프 불로 사기 파이프에 불을 붙이더니 거리로 나섰다. "한참 뒤에 올 걸세, 왓슨." 홈즈는 이렇게 말하고 어둠 속으로 사라졌다.

OCTOBER 27 The Adventure of Charles Augustus Milverton(1904)

Holmes sat motionless by the fire, his hands buried deep in his trouser pockets, his chin sunk upon his breast, his eyes fixed upon the glowing embers. For half an hour he was silent and still. Then, with the gesture of a man who has taken his decision, he sprang to his feet and passed into his bedroom. A little later a rakish young workman, with a goatee beard and a swagger, lit his clay pipe at the lamp before descending into the street. "I'll be back some time, Watson," said he, and vanished into the night.

10월 28일 **보헤미아 왕국의 스캔들**(1891)

4시가 될 무렵, 방문이 열리더니 술에 취한 듯한 마부가 나왔다. 헝클어진 머리에 구레나룻을 길게 길렀으며, 얼굴은 불콰하고 옷차림은 꾀죄죄했다. 나는 친구의 놀라운 변장술에 익숙해졌다고 생각했지만 마부를 세 번이나 거듭 들여다본 뒤에야 그가 홈즈라는 사실을 알 수 있었다.

OCTOBER 28 **A Scandal in Bohemia**(1891)

It was close upon four before the door opened, and a drunken-looking groom, ill-kempt and side-whiskered, with an inflamed face and disreputable clothes, walked into the room. Accustomed as I was to my friend's amazing powers in the use of disguises, I had to look three times before I was certain that it was indeed he.

10월 29일 네 개의 서명(1890)

"내게도 시가 하나 주게." 그가 말했다.

우리는 깜짝 놀라 의자에서 벌떡 일어났다. 홈즈가 장난기 있는 얼굴을 하고 우리 옆에 앉아 있었다.

"홈즈! 자네로군! 그런데 노인장은 어디 갔지?" 내가 외쳤다.

홈즈가 흰머리 한 움큼을 손에 들고 말했다. "여기 있네. 그의 가발과 수염, 눈썹 등등이지. 내가 변장을 잘하는 줄은 알았지만 이번 시험을 이렇게 쉽게 통과할 줄은 몰랐지."

OCTOBER 29 The Sign of Four(1890)

"I think that you might offer me a cigar too," he said.

We both started in our chairs. There was Holmes sitting close to us with an air of quiet amusement.

"Holmes!" I exclaimed. "You here! But where is the old man?"

"Here is the old man," said he, holding out a heap of white hair. "Here he is-wig, whiskers, eyebrows, and all. I thought my disguise was pretty good, but I hardly expected that it would stand that test."

10월 30일 **입술 뒤틀린 사나이**(1891)

홈즈는 물 항아리 위로 상체를 숙이고 스펀지를 적신 다음, 죄수의 얼굴을 가로로 한 번, 세로로 한 번 힘껏 문질렀다.

"여러분께 소개합니다. 켄트 주 리 근교에 사는 네빌 세인트 클레어 씨입니다." 그가 외쳤다.

내 평생 그런 광경은 처음이었다. 스펀지 아래 남자의 얼굴이 나무껍질처럼 벗겨져 나갔다. 덕지덕지 붙은 갈색 얼룩이 사라졌다. 얼굴을 가로지르는 섬뜩한 흉터와 밉살스러운 비웃음을 머금은 뒤틀린 입술도 사라졌다. 홈즈가 뒤엉킨 빨간 머리를 홱 잡아채 벗기자 세련된 외모의 남자가 창백하고 슬픈 얼굴로 침대에서 부스스 일어나 앉았다. 검은 머리카락에 매끄러운 피부의 남자는 눈을 비비고는 잠이 덜 깬 눈으로 어리둥절해하며 주위를 둘러보았다.

OCTOBER 30 **The Man with the Twisted Lip**(1891)

Holmes stooped to the water jug, moistened his sponge, and then rubbed it twice vigorously across and down the prisoner's face.

"Let me introduce you," he shouted, "to Mr. Neville St. Clair, of Lee, in the county of Kent."

Never in my life have I seen such a sight. The man's face peeled off under the sponge like the bark from a tree. Gone was the coarse brown tint! Gone, too, was the horrid scar which had seamed it across, and the twisted lip which had given the repulsive sneer to the face! A twitch brought away the tangled red hair, and there, sitting up in his bed, was a pale, sad-faced, refined-looking man, black-haired and smooth-skinned, rubbing his eyes and staring about him with sleepy bewilderment.

10월 31일 **바스커빌 가문의 개**(1902)

그것은 아주 크고 석탄같이 새까만 사냥개였다. 하지만 흔히 볼 수 있는 개는 아니었다. 쩍 벌린 입에서는 불기둥이 뿜어져 나오고, 두 눈은 섬뜩하게 번뜩거렸다. 주둥이와 목덜미와 턱은 타오르는 불길에 휩싸여 있었다. 정신이 온전하지 못한 사람의 악몽 속에서조차 안개의 장벽을 뚫고 나온 저 시커먼 몸뚱이와 무시무시한 머리보다 더 잔인하고 흉악하고 섬뜩한 것이 나오지 않을 터였다.

OCTOBER 31 The Hound of the Baskervilles(1902)

A hound it was, an enormous coal-black hound, but not such a hound as mortal eyes have ever seen. Fire burst from its open mouth, its eyes glowed with a smouldering glare, its muzzle and hackles and dewlap were outlined in flickering flame. Never in the delirious dream of a disordered brain could anything more savage, more appalling, more hellish be conceived than that dark form and savage face which broke upon us out of the wall of fog.

NOVEMBER

11월

11월

"날씨가 궂은 밤이었어요. 밖에서는 바람이 세차게 불고, 빗줄기가 요란하게 창문을 두드렸죠. 거친 빗소리 사이로 겁에 질린 여자의 비명이 터져 나왔어요. -헬렌 스토너

얼룩 띠의 비밀(1892)

NOVEMBER

"It was a wild night. The wind was howling outside, and the rain was beating and splashing against the windows. Suddenly, amidst all of the hubbub of the gale, there burst forth the wild scream of a terrified woman." -Helen Stoner

The Adventure of the Speckled Band(1892)

11월 1일 **다섯 개의 오렌지 씨앗**(1891)

"지금은 복수 같은 건 생각하지 마세요. 복수는 합법적으로 이루어질 거라고 봅니다. 하지만 상대방이 그물을 쳐 두었으니 우리도 그물을 쳐야 합니다."

NOVEMBER 1 **The Five Orange Pips**(1891)

"Do not think of revenge, or anything of the sort, at present. I think that we may gain that by means of the law; but we have our web to weave, while theirs is already woven."

376

11월 2일 **보헤미아 왕국의 스캔들**(1891)

"아직 사진을 보내지 않은 게 확실합니까?"

"확실하다."

"어떻게 아십니까?"

"약혼을 공식으로 발표하는 날 보내겠다고 말했으니까. 다음 주 월요일에 발표할 예정이다."

"그럼 아직 사흘이나 남았군요." 홈즈가 하품을 하면서 말했다.

NOVEMBER 2 **A Scandal in Bohemia**(1891)

"You are sure that she has not sent it yet?"

"I am sure."

"And why?"

 "Because she has said that she would send it on the day when the betrothal was publicly proclaimed. That will be next Monday."

"Oh, then we have three days yet," said Holmes, with a yawn.

11월 3일 **금테 코안경**(1904)

"왓슨, 내려가서 문 좀 열어 주게. 정숙한 사람들은 벌써 잠자리에 들었을 시간이니 말이야."

NOVEMBER 3 **The Adventure of the Golden Pince-Nez**(1904)

"Run down, my dear fellow, and open the door, for all virtuous folk have been long in bed."

11월 4일 **보스콤 계곡의 비밀**(1891)

생각에 잠겨 있던 홈즈가 대꾸했다. "사실 정황 증거란 까다로운 문제지. 한 사람을 범인이라고 정확하게 가리키는 것 같다가도 조금만 관점을 바꾸면 전혀 다른 사람을 범인으로 지목하니까."

NOVEMBER 4 **The Boscombe Valley Mystery**(1891)

"Circumstantial evidence is a very tricky thing," answered Holmes, thoughtfully. "It may seem to point very straight to one thing, but if you shift your own point of view a little, you may find it pointing in an equally uncompromising manner to something entirely different."

379

11월 5일 바스커빌 가문의 개(1902)

"제가 알기로는 선생님이 유럽 제2의 전문가라고……."

"그렇군요. 그런데 유럽 제1의 영광은 어느 분이 차지했는지 물어봐도 되겠습니까?" 홈즈가 다소 신랄하게 물었다.

"정밀한 과학 수사 이론에서는 베르티옹 씨가 단연 뛰어나지요."

"그렇다면 그분과 상의하는 게 더 낫지 않을까요?"

"과학 수사 이론에 한정해서 그렇다는 뜻입니다. 하지만 실질적인 문제에 대해서는 선생님이 독보적이십니다. 제가 무심코 한 말 때문에 기분이 상하지……."

"잠깐, 모티머 선생." 홈즈가 말했다.

NOVEMBER 5 The Hound of the Baskervilles(1902)

"Recognizing, as I do, that you are the second highest expert in Europe-"

"Indeed, sir! May I inquire who has the honour to be the first?" asked Holmes with some asperity.

"To the man of precisely scientific mind the work of Monsieur Bertillon must always appeal strongly."

"Then had you not better consult him?"

"I said, sir, to the precisely scientific mind. But as a practical man of affairs it is acknowledged that you stand alone. I trust, sir, that I have not inadvertently-"

"Just a little," said Holmes.

11월 6일 **여섯 점의 나폴레옹 상**(1904)

"이번 사건은 어리석을 정도로 사소해 보이지만 사실 내가 다룬 가장 고전적인 사건도 사소한 데서 시작되었지. 그러니 그 어떤 것도 하찮게 볼 수 없어. 자네도 기억할 테지, 왓슨. 내가 애버네티 가의 끔찍한 일에 주목하게 된 것도 어느 무더운 날 파슬리가 버터에 가라앉은 깊이 때문이었다네."

NOVEMBER 6 **The Adventure of the Six Napoleons**(1904)

"The affair seems absurdly trifling, and yet I dare call nothing trivial when I reflect that some of my most classic cases have had the least promising commencement. You will remember, Watson, how the dreadful business of the Abernetty family was first brought to my notice by the depth which the parsley had sunk into the butter upon a hot day."

11월 7일 **빨간 머리 연맹**(1891)

"대체로 여느 사건이라면 대충 귀띔만 해 줘도 그와 비슷한 오만 가지 사건이 떠올라 감을 잡을 수 있지요. 하지만 이번 사건은 그 유례를 찾을 수 없을 만큼 특이하다는 걸 인정할 수밖에 없군요."

NOVEMBER 7 **The Red-Headed League**(1891)

"As a rule, when I have heard some slight indication of the course of events, I am able to guide myself by the thousands of other similar cases which occur to my memory. In the present instance I am forced to admit that the facts are, to the best of my belief, unique."

11월 8일 빈집의 모험(1903)

그가 말한 시간에 호주머니에 권총을 찔러 넣고 모험을 앞둔 긴장감에 사로잡혀 이륜마차에 홈즈와 나란히 앉아 있으니 옛날로 되돌아간 느낌이었다. 홈즈는 냉정하고 단호한 표정을 지은 채, 아무 말이 없었다. 가로등 불빛이 그의 냉랭한 얼굴을 비추자 생각에 잠겨 찌푸린 눈썹과 굳게 다문 얇은 입술이 보였다. 런던이라는 범죄자들의 어두운 정글 속에서 우리가 어떤 야생 동물을 쫓고 있는지는 몰랐지만, 노련한 사냥꾼인 내 친구의 태도를 보니 심상치 않은 모험이 펼쳐질 것이라는 확신이 들었다. 홈즈의 금욕적이고 침울한 얼굴에 가끔 내비치는 싸늘한 비웃음은 이번 모험의 사냥감에게 그리 좋은 징조가 아니었다.

NOVEMBER 8 The Adventure of the Empty House(1903)

It was indeed like old times when, at that hour, I found myself seated beside him in a hansom, my revolver in my pocket, and the thrill of adventure in my heart. Holmes was cold and stern and silent. As the gleam of the street-lamps flashed upon his austere features, I saw that his brows were drawn down in thought and his thin lips compressed. I knew not what wild beast we were about to hunt down in the dark jungle of criminal London, but I was well assured, from the bearing of this master huntsman, that the adventure was a most grave one-while the sardonic smile which occasionally broke through his ascetic gloom boded little good for the object of our quest.

11월 9일 **보헤미아 왕국의 스캔들**(1891)

"결혼 생활이 만족스러운가 보군. 왓슨, 예전에 봤을 때보다 몸무게가
3.5 *kg* 정도 늘은 것 같네."

"3 *kg*이야!"

"그럼 좀 더 생각해 볼 걸 그랬군. 아주 조금 더 말이야, 왓슨."

NOVEMBER 9 **A Scandal in Bohemia**(1891)

"Wedlock suits you," he remarked, "I think, Watson, that you have
put on seven and a half pounds since I saw you."

"Seven!" I answered.

"Indeed, I should have thought a little more. Just a trifle more, I fan-
cy, Watson."

11월 10일 **귀족 독신남**(1892)

"의자를 끌고 이쪽으로 오게. 내게 바이올린을 건네주고. 이제 우리가
풀어야 할 유일한 문제는 쓸쓸한 가을밤을 어떻게 보내느냐 하는 거니
까."

NOVEMBER 10 **The Adventure of the Noble Bachelor**(1892)

"Draw your chair up, and hand me my violin, for the only problem
we have still to solve is how to while away these bleak autumnal eve-
nings."

11월 11일 **여섯 점의 나폴레옹 상**(1904)

"언론 기관은 무척 유용하다네, 왓슨. 어떻게 활용할지만 안다면 말이야."

NOVEMBER 11 **The Adventure of the Six Napoleons**(1904)

"The Press, Watson, is a most valuable institution, if you only know how to use it."

11월 12일 **자전거 타는 사람**(1903)

홈즈가 시골에서 보내는 조용한 하루는 기묘하게 끝이 났다. 그날 저녁 늦게 베이커 스트리트에 도착했을 때, 입술은 찢어지고 이마에 혹이 나 있었기 때문이다. 게다가 전반적으로 난봉꾼 같은 분위기가 있어 그 자신이 런던 경찰국의 수사를 받아야 할 것처럼 보이기까지 했다. 홈즈는 자신이 겪은 모험에 무척 들떠 있었고, 모험담을 들려주면서 껄껄 웃기도 했다.

"나는 워낙 운동 부족이라서 이런 모험을 하면 항상 즐거워. 내가 영국의 오랜 스포츠인 권투를 제법 잘한다는 건 자네도 알겠지. 예를 들어 오늘만 해도 권투를 할 줄 몰랐다면 아주 망신살이 뻗쳤을 거야." 그가 말했다.

NOVEMBER 12 **The Adventure of the Solitary Cyclist**(1903)

Holmes's quiet day in the country had a singular termination, for he arrived at Baker Street late in the evening, with a cut lip and a discoloured lump upon his forehead, besides a general air of dissipation which would have made his own person the fitting object of a Scotland Yard investigation. He was immensely tickled by his own adventures and laughed heartily as he recounted them.

"I get so little active exercise that it is always a treat," said he. "You are aware that I have some proficiency in the good old British sport of boxing. Occasionally, it is of service; to-day, for example, I should have come to very ignominious grief without it."

11월 13일 **악마의 발**(1910)

홈즈는 빠르고 경쾌한 걸음으로 방을 돌아다니며 이 의자 저 의자에 앉아 보았다가, 의자를 끌어당겨 원래 자리에 다시 돌려놓았다. 그리고 정원이 얼마나 많이 내다보이는지도 확인하고, 마루와 천장, 벽난로도 조사했다. 하지만 그가 이 캄캄한 어둠 속에서 한 줄기 빛을 발견했다는 것을 알려 주는 신호, 즉, 갑자기 눈을 빛낸다거나 입술을 앙다물거나 하는 행동은 한 번도 보지 못했다.

NOVEMBER 13 **The Adventure of the Devil's Foot**(1910)

Holmes paced with light, swift steps about the room; he sat in the various chairs, drawing them up and reconstructing their positions. He tested how much of the garden was visible; he examined the floor, the ceiling, and the fireplace; but never once did I see that sudden brightening of his eyes and tightening of his lips which would have told me that he saw some gleam of light in this utter darkness.

11월 14일 네 개의 서명(1890)

"저런 사람들을 대할 땐 말이지, 저들이 하는 이야기가 자네에게 전혀 중요하지 않다고 생각하게 만들어야 하네. 그렇지 않으면 굴처럼 입을 다물고 말 테니까. 지금처럼 어깃장을 놓으면서 들어야 필요한 정보를 얻을 수 있지." 홈즈가 나룻배에 자리를 잡고 앉으며 말했다.

NOVEMBER 14 The Sign of Four(1890)

"The main thing with people of that sort," said Holmes as we sat in the sheets of the wherry, "is never to let them think that their information can be of the slightest importance to you. If you do they will instantly shut up like an oyster. If you listen to them under protest, as it were, you are very likely to get what you want."

11월 15일 보스콤 계곡의 비밀(1891)

"자백을 한 거군." 내가 불쑥 말했다.

"아닐세. 그런 뒤에 자기는 결백하다고 주장했네."

"엄청난 일을 겪은 뒤에 그렇게 말한다면 아무래도 수상하지 않은가."

홈즈가 말했다. "그 반대야. 내게는 먹구름 사이로 비치는 햇살과도 같다네."

NOVEMBER 15 The Boscombe Valley Mystery(1891)

"It was a confession," I ejaculated.

"No, for it was followed by a protestation of innocence."

"Coming on the top of such a damning series of events, it was at least a most suspicious remark."

"On the contrary," said Holmes, "it is the brightest rift which I can at present see in the clouds."

11월 16일 **브루스파팅턴호 설계도**(1908)

길고 긴 11월 저녁 내내 나는 홈즈가 돌아오기만을 애타게 기다렸다.
마침내 아홉시 직후에 배달부가 편지를 한 통 가져왔다.

"켄싱턴, 글루체스터로의 골디니 식당에서 식사 중. 즉시 이곳에 와서
나를 만나기 바람. 쇠지레와 다크 랜턴, 끌과 권총을 가져올 것- S.H."

NOVEMBER 16 **The Adventure of the Bruce-Partington Plans**(1908)

All the long November evening I waited, filled with impatience for
his return. At last, shortly after nine o'clock, there arrived a messenger
with a note:

Am dining at Goldini's Restaurant, Gloucester Road, Kensington.
Please come at once and join me there. Bring with you a jemmy, a
dark lantern, a chisel, and a revolver.–S.H.

11월 17일 **프라이어리 학교**(1904)

"각하, 저는 누군가 범죄를 저질렀다면 그 자에게 범죄에서 파생한 다른 범죄에 대한 책임도 있다고 생각합니다."

NOVEMBER 17 **The Adventure of the Priory School**(1904)

"I must take the view, your Grace, that when a man embarks upon a crime, he is morally guilty of any other crime which may spring from it."

11월 18일 실버 블레이즈(1892)

"하나의 바른 추리는 또 하나의 바른 추리로 이어지게 마련이죠."

NOVEMBER 18 Silver Blaze(1892)

"One true inference invariably suggests others."

11월 19일 브루스파팅턴호 설계도(1908)

1895년 11월 셋째 주, 런던에 노란 안개가 자욱하게 내려앉았다. 월요일부터 목요일까지 베이커 스트리트의 창문에서 맞은편 집들이 흐릿하게나마 보인 날이 있었나 싶다. 첫날 홈즈는 두툼한 참고 서적 목록에 참조 표시를 하며 보냈다. 둘째 날과 셋째 날은 최근 취미를 붙인 중세 시대의 음악이라는 주제에 끈질기게 매달렸다. 하지만 넷째 날 아침 식사를 마친 뒤에도 기름기 섞인 짙은 갈색 소용돌이가 여전히 우리 곁을 떠다니고 유리창에도 끈적끈적한 방울이 맺히는 것을 보자 성급하고 활동적인 내 친구는 단조로운 시간을 더는 견딜 수 없게 되었다. 그는 솟구치는 힘을 간신히 억누르며 응접실을 서성거리는가 하면, 손톱을 깨물고 가구를 툭툭 쳐 대며 일거리가 없는 상황에 대해 짜증을 부렸다.

NOVEMBER 19 The Adventure of the Bruce-Partington Plans(1908)

In the third week of November, in the year 1895, a dense yellow fog settled down upon London. From the Monday to the Thursday I doubt whether it was ever possible from our windows in Baker Street to see the loom of the opposite houses. The first day Holmes had spent in cross-indexing his huge book of references. The second and third had been patiently occupied upon a subject which he had recently made his hobby-the music of the Middle Ages. But when, for the fourth time, after pushing back our chairs from breakfast we saw the greasy, heavy brown swirl still drifting past us and condensing in oily drops upon the window-panes, my comrade's impatient and active nature could endure this drab existence no longer. He paced rest-lessly about our sitting-room in a fever of suppressed energy, biting his nails, tapping the furniture, and chafing against inaction.

11월 20일 마지막 사건(1893)

"왓슨, 자네도 알다시피, 런던의 범죄 세계를 나만큼 속속들이 아는 사람도 없지. 지난 몇 년 동안 나는 범죄의 배후에 모종의 세력이 도사리고 있다는 걸 끊임없이 의식해 왔네. 뿌리 깊게 조직을 이룬 이 세력은 줄기차게 법을 위반하고 법의 철망을 무너뜨리면서 범법자를 감싸 주고 있었던 거야. 사기, 절도, 살인같이 아주 다양한 사건을 맡으면서 이힘의 존재를 계속 느껴 왔지. 내가 개인적으로 자문을 해 주지 않은 수많은 미해결 범죄에도 이 세력의 힘이 뻗어 있다고 추리할 수 있게 되었네. 오랫동안 이 세력을 은폐한 장막을 걷어 내려 애썼고, 마침내 실마리를 잡아 추적하기에 이르렀지. 그리고 숱한 우여곡절 끝에 수학계의 유명 인사인 모리어티 교수의 존재를 알게 된 거야."

NOVEMBER 20 The Final Problem(1893)

"As you are aware, Watson, there is no one who knows the higher criminal world of London so well as I do. For years past I have continually been conscious of some power behind the malefactor, some deep organizing power which forever stands in the way of the law, and throws its shield over the wrong-doer. Again and again in cases of the most varying sorts—forgery cases, robberies, murders-I have felt the presence of this force, and I have deduced its action in many of those undiscovered crimes in which I have not been personally consulted. For years I have endeavoured to break through the veil which shrouded it, and at last the time came when I seized my thread and followed it, until it led me, after a thousand cunning windings, to ex-Professor Moriarty, of mathematical celebrity."

11월 21일 마지막 사건(1893)

"모리어티 교수에 대해서 들어 본 적 없지?" 그가 물었다.

"전혀 없네."

그가 외쳤다. "역시 그는 천재야. 이게 제일 놀라운 점이지. 그는 런던을 주름잡고 있는데 그에 대해 들어 본 사람이 없다니. 그래서 그가 범죄 사상 최고의 인물로 꼽히는 거겠지. 왓슨, 진심으로 말하는데 그 자를 무너뜨려 이 사회에서 몰아낼 수 있다면 내 경력이 정점을 찍은 것으로 보고, 그 다음부터는 현역에서 물러나 조용하게 지낼 작정이네."

NOVEMBER 21 The Final Problem(1893)

"You have probably never heard of Professor Moriarty?" said he.

"Never."

"Ay, there's the genius and the wonder of the thing!" he cried. "The man pervades London, and no one has heard of him. That's what puts him on a pinnacle in the records of crime. I tell you, Watson, in all seriousness, that if I could beat that man, if I could free society of him, I should feel that my own career had reached its summit, and I should be prepared to turn to some more placid line in life."

11월 22일 **공포의 계곡**(1915)

"홈즈 선생님이 모리어티 교수를 한 번도 만난 적이 없다고 하신 걸로 기억하는데요." 맥도날드 경위가 말했다.

"네, 만난 적 없습니다."

"그렇다면 어떻게 그의 서재에 대해 알고 계시죠?"

"아, 그건 다른 문제입니다. 저는 그의 방에 세 번 들어갔어요. 두 번은 그를 기다린다는 구실로 들어갔다가 그가 오기 전에 나왔습니다. 나머지 한 번은 경찰 앞에서 말하기 곤란한 일이고요."

NOVEMBER 22 **The Valley of Fear**(1915)

"I thought you told me once, Mr. Holmes, that you had never met Professor Moriarty," [asked Inspector MacDonald.]

"No, I never have."

"Then how do you know about his rooms?"

"Ah, that's another matter. I have been three times in his rooms, twice waiting for him under different pretexts and leaving before he came. Once-well, I can hardly tell about the once to an official detective."

11월 23일 **마지막 사건**(1893)

"방에 앉아 이 문제를 곰곰이 생각하고 있는데 문이 열리더니 모리어
티 교수가 나타나더군. 왓슨, 난 어지간해선 눈 하나 깜짝 않는 사람이
네. 하지만 머릿속으로 계속 생각하던 남자가 내 문지방을 밟고 서 있
는 걸 보자 화들짝 놀랐지. 그의 외모는 어쩐지 낯설지가 않았어. 아
주 키가 크고 비쩍 말랐지. 하얀 이마는 유독 튀어나왔고 두 눈은 움
푹 패어 있더군. 단정하게 면도를 했고 안색이 창백했지. 그 교수 특유
의 고행자 같은 표정을 짓고 있었는데, 공부를 많이 해서인지 어깨는
구부정하고 고개를 약간 앞으로 빼고 있었지. 호기심 많은 파충류처럼
아주 천천히 고개를 좌우로 움직이는 버릇이 있더군."

NOVEMBER 23 **The Final Problem**(1893)

"I was sitting in my room thinking the matter over when the door
opened and Professor Moriarty stood before me.

"My nerves are fairly proof, Watson, but I must confess to a start
when I saw the very man who had been so much in my thoughts
standing there on my threshold. His appearance was quite familiar
to me. He is extremely tall and thin, his forehead domes out in a
white curve, and his two eyes are deeply sunken in his head. He is
clean-shaven, pale, and ascetic-looking, retaining something of the
professor in his features. His shoulders are rounded from much study,
and his face protrudes forward and is forever slowly oscillating from
side to side in a curiously reptilian fashion."

11월 24일 **마지막 사건**(1893)

"자네는 내 능력을 알고 있겠지, 왓슨. 하지만 나는 3개월이 지난 뒤 마침내 나와 지적으로 동등한 적수를 만났다고 인정할 수밖에 없었어. 그가 저지른 범죄에 대한 증오심이 그의 기술에 대한 감탄에 묻힐 정도였다네."

NOVEMBER 24 **The Final Problem**(1893)

"You know my powers, my dear Watson, and yet at the end of three months I was forced to confess that I had at last met an antagonist who was my intellectual equal. My horror at his crimes was lost in my admiration at his skill."

11월 25일 **노우드의 건축업자**(1903)

"범죄 전문가의 관점에서 볼 때 런던은 모리어티 교수가 세상을 떠난 뒤로 유난히 지루한 도시가 되고 말았네." 셜록 홈즈가 말했다.

"점잖은 시민 치고 자네 말에 맞장구치는 사람은 없을 걸세." 내가 맞받아쳤다.

"그래, 자네 말이 맞아. 이기적인 소린 하진 말아야지."

NOVEMBER 25 **The Adventure of the Norwood Builder**(1903)

"From the point of view of the criminal expert," said Mr. Sherlock Holmes, "London has become a singularly uninteresting city since the death of the late lamented Professor Moriarty."

"I can hardly think that you would find many decent citizens to agree with you," I answered.

"Well, well, I must not be selfish."

11월 26일 **실버 블레이즈**(1892)

홈즈가 말했다.

"상상력이 얼마나 중요한지 알겠지. 이건 그레고리 경위에게 부족한 자질이기도 해. 우린 무슨 일이 일어날 수 있는지 상상해서 가설을 세우고, 이 가설을 바탕으로 행동해서 타당성을 입증했네. 자, 어서 계속 가 보세."

NOVEMBER 26 **Silver Blaze**(1892)

"See the value of imagination," said Holmes. "It is the one quality which [Inspector] Gregory lacks. We imagined what might have happened, acted upon the supposition, and find ourselves justified. Let us proceed."

11월 27일 **등나무 집**(1908)

복잡하게 뒤엉킨 실타래가 완전히 풀리는 것 같았다. 언제나 그랬던 것처럼 왜 지금까지 이 명백한 사실을 알지 못했는지 이상할 따름이 었다.

NOVEMBER 27 **The Adventure of Wisteria Lodge**(1908)

The whole inexplicable tangle seemed to straighten out before me. I wondered, as I always did, how it had not been obvious to me before.

11월 28일 **금테 코안경**(1904)

11월이 저물어 갈 무렵, 사나운 비바람이 몰아치는 밤이었다. 홈즈와 나는 저녁 내내 말없이 앉아 있었다. 홈즈는 고배율 돋보기를 들고 양 피지에 남아 있는 글자를 해독하는 데 몰두하고, 나는 외과 수술에 대한 최신 논문을 탐독했다. 바깥에서는 바람이 울부짖으며 베이커 스트리트를 휩쓸고 지나갔고, 빗줄기가 거세게 창문을 두드렸다. 반경 16*km* 안에 인공 건물이 가득 찬 대도시의 중심부에서 휘몰아치는 대자연의 손길을 느끼니, 거대한 자연의 힘 앞에서 런던 전체가 들판에 점점이 박힌 두더지 굴에 불과하다는 생각이 들어 기분이 묘했다.

NOVEMBER 28 **The Adventure of the Golden Pince-Nez**(1904)

It was a wild, tempestuous night, towards the close of November. Holmes and I sat together in silence all the evening, he engaged with a powerful lens deciphering the remains of the original inscription upon a palimpsest, I deep in a recent treatise upon surgery. Outside the wind howled down Baker Street, while the rain beat fiercely against the windows. It was strange there, in the very depths of the town, with ten miles of man's handiwork on every side of us, to feel the iron grip of Nature, and to be conscious that to the huge elemental forces all London was no more than the molehills that dot the fields.

11월 29일 **얼룩 띠의 비밀**(1892)

그의 이마에는 갈색 얼룩무늬가 새겨진 기묘한 노란 띠가 있었고, 띠는 그의 목을 단단히 감싸고 있는 것처럼 보였다. 우리가 방에 들어갔을 때 그는 아무 말이 없었고, 미동도 없었다.

"띠다! 얼룩 띠!" 홈즈가 속삭였다.

나는 한 발짝 앞으로 나섰다. 순간 박사가 두른 기이한 머리띠가 움직이기 시작했다. 그러더니 박사의 머리카락 속에서 몸을 일으켜 세웠다. 흉측한 뱀의 마름모꼴 머리와 잔뜩 부풀어진 목이 보였다.

"늪살모사야! 인도에서 제일 위험한 뱀이지. 박사는 물린 지 10초 만에 죽었네. 폭력은 폭력을 쓴 사람에게 되돌아가고, 함정을 판 사람은 자기가 판 함정에 빠지는 법이지." 홈즈가 탄식하듯 말했다.

NOVEMBER 29 **The Adventure of the Speckled Band**(1892)

Round his brow he had a peculiar yellow band, with brownish speckles, which seemed to be bound tightly round his head. As we entered he made neither sound nor motion.

"The band! the speckled band!" whispered Holmes.

I took a step forward. In an instant his strange headgear began to move, and there reared itself from among his hair the squat diamond-shaped head and puffed neck of a loathsome serpent.

"It is a swamp adder!" cried Holmes; "the deadliest snake in India. He has died within ten seconds of being bitten. Violence does, in truth, recoil upon the violent, and the schemer falls into the pit which he digs for another."

11월 30일 **보헤미아 왕국의 스캔들** (1891)

"세상에, 홈즈. 정말 못 말리겠군. 몇 세기 전에 태어났다면 자넨 틀림 없이 마법사로 몰려 화형당했을 거야."

NOVEMBER 30 **A Scandal in Bohemia**(1891)

"My dear Holmes," said I, "this is too much. You would certainly have been burned, had you lived a few centuries ago."

DECEMBER

12월

12월

408   뼈가 시리도록 추운 밤이었다. 우리는 얼스터 외투를 껴입고 목에 머플러를 둘렀다. 밖에 나가 보니 구름 한 점 없는 하늘에 별들이 차갑게 빛났다. 지나가는 이들의 입에서 권총이 뿜어내는 연기 같은 하얀 입김이 새어 나왔다.

푸른 카벙글의 모험(1892)

DECEMBER

It was a bitter night, so we drew on our ulsters and wrapped cravats about our throats. Outside, the stars were shining coldly in a cloudless sky, and the breath of the passers-by blew out into smoke like so many pistol shots.

The Adventure of the Blue Carbuncle(1892)

12월 1일 **마자랭의 다이아몬드**(1921)

왓슨 박사는 숱한 놀라운 모험의 출발점이 되었던 베이커 스트리트 2층의 어수선한 방을 다시 찾아왔을 때 반가운 마음을 억누를 수 없었다. 그는 방을 둘러보았다. 벽에 붙은 과학 도표, 산성 물질에 까맣게 탄 작업대, 구석에 기대 놓은 바이올린 케이스, 낡은 파이프와 담배가 든 석탄 통이 보였다.

DECEMBER 1 **The Adventure of the Mazarin Stone**(1921)

It was pleasant to Dr. Watson to find himself once more in the untidy room of the first floor in Baker Street which had been the starting-point of so many remarkable adventures. He looked round him at the scientific charts upon the wall, the acid-charred bench of chemicals, the violin-case leaning in the corner, the coal-scuttle, which contained of old the pipes and tobacco.

12월 2일 해군 조약문(1893)

"사실 가장 해결하기 어려운 범죄는 아무 목적 없이 저질러진 것이지."

DECEMBER 2 The Naval Treaty(1893)

"The most difficult crime to track is the one which is purposeless."

12월 3일 **등나무 집**(1908)

솔직히 말해서 나는 홈즈가 말한 방법이 별로 내키지 않았다. 살인의 그림자가 드리운 낡은 집, 기묘하고 심상치 않아 보이는 사람들, 거기 접근했다가 당할지 모르는 위험, 법적으로 불리한 입장에 처할 수도 있다는 사실 등이 내 열의에 찬물을 끼얹었다. 하지만 홈즈의 얼음처럼 차가운 추리에는 그가 권하는 모험을 거절할 수 없게 만드는 힘이 있었다. 이런 모험을 감행해야만 사건을 해결할 수 있는 것이다. 나는 말없이 그의 손을 잡았다. 이제 주사위는 던져졌다.

DECEMBER 3 **The Adventure of Wisteria Lodge**(1908)

It was not, I must confess, a very alluring prospect. The old house with its atmosphere of murder, the singular and formidable inhabitants, the unknown dangers of the approach, and the fact that we were putting ourselves legally in a false position all combined to damp my ardour. But there was something in the ice-cold reasoning of Holmes which made it impossible to shrink from any adventure which he might recommend. One knew that thus, and only thus, could a solution be found. I clasped his hand in silence, and the die was cast.

12월 4일 **마자랭의 다이아몬드**(1921)

단단한 체격에, 멍청하고 고집스러우며 길쭉한 얼굴의 프로 권투 선수가 당혹스러운 표정으로 문가에 서서 주위를 두리번거리고 있었다. 홈즈의 싹싹한 태도는 그에게 전혀 뜻밖이었다. 그는 홈즈의 말에서 어렴풋이 적의를 느꼈지만 어떻게 맞받아쳐야 할지 알 수 없었다.

DECEMBER 4 **The Adventure of the Mazarin Stone**(1921)

The prize-fighter, a heavily built young man with a stupid, obstinate, slab-sided face, stood awkwardly at the door, looking about him with a puzzled expression. Holmes's debonair manner was a new experience, and though he vaguely felt that it was hostile, he did not know how to counter it.

12월 5일 찰스 오거스터스 밀버턴(1904)

"왓슨, 자네니까 하는 말인데 난 대단히 유능한 범죄자가 됐을 거라는 생각을 항상 한다네."

DECEMBER 5 The Adventure of Charles Augustus Milverton(1904)

"You know, Watson, I don't mind confessing to you that I have always had an idea that I would have made a highly efficient criminal."

12월 6일 **애비 그레인지 저택**(1904)

"탐정 일을 해 오면서 범죄자가 한 짓보다 내가 그 범죄자를 알아낸 것이 더 몹쓸 짓이었다고 느낀 적이 두어 번 있네. 덕분에 이제는 신중해야 한다는 걸 알게 되었고, 내 양심을 속이기보다 영국 법을 속이는 쪽을 택하지."

DECEMBER 6 **The Adventure of the Abbey Grange**(1904)

"Once or twice in my career I feel that I have done more real harm by my discovery of the criminal than ever he had done by his crime. I have learned caution now, and I had rather play tricks with the law of England than with my own conscience."

12월 7일 **프라이어리 학교**(1904)

막 날이 밝은 뒤 잠에서 깨어나 보니 내 침대 옆에 서 있는 길쭉하고 호리호리한 홈즈의 모습이 보였다. 그는 옷을 다 차려입었는데, 벌써 밖에 나갔다 온 것이 틀림없었다.

그가 말했다. "잔디밭과 자전거 보관 창고를 살펴보고 왔네. 래기드쇼 숲도 한 바퀴 둘러보았지. 자, 왓슨, 옆방에 코코아가 준비되어 있네. 서둘러 주게. 오늘 할 일이 태산 같으니까."

DECEMBER 7 **The Adventure of the Priory School**(1904)

The day was just breaking when I woke to find the long, thin form of Holmes by my bedside. He was fully dressed, and had apparently already been out.

"I have done the lawn and the bicycle shed," said he. "I have also had a ramble through the Ragged Shaw. Now, Watson, there is cocoa ready in the next room. I must beg you to hurry, for we have a great day before us."

12월 8일 **블랙 피터**(1904)

"내가 어떤 운동을 했는지 절대 맞출 수 없을 걸세."

"어렴하겠나."

그는 커피를 따르며 나직이 웃었다.

"자네가 앨라다이스 푸줏간 뒤쪽을 둘러봤다면 천장 갈고리에 죽은 돼지 한 마리가 매달려 있고, 셔츠 차림의 남자가 이 작살로 사정없이 돼지를 찌르는 것도 봤을 텐데. 그 기운 넘치는 사내가 바로 나였네. 아무리 애를 써도 한 번에 돼지를 찌를 수 없다는 것도 잘 알게 됐지. 자네도 해 보고 싶지 않나?"

"아니, 전혀."

DECEMBER 8 **The Adventure of Black Peter**(1904)

"But I am prepared to bet that you will not guess the form that my exercise has taken."

"I will not attempt it."

He chuckled as he poured out the coffee.

"If you could have looked into Allardyce's back shop, you would have seen a dead pig swung from a hook in the ceiling, and a gentleman in his shirt sleeves furiously stabbing at it with this weapon. I was that energetic person, and I have satisfied myself that by no exertion of my strength can I transfix the pig with a single blow. Perhaps you would care to try?"

"Not for worlds."

12월 9일 공포의 계곡(1915)

"플록은 중요한 인물이네. 그 사람 자체가 아니라 그와 관련된 인물이 대단하기 때문이지. 상어의 길잡이 노릇을 하는 방어나 사자 주변을 어슬렁거리는 자칼을 상상해 보게. 무시무시한 동료의 동반자 구실을 하는 하찮은 것이라면 뭐든지 좋아. 게다가 왓슨, 그가 접촉하는 거물은 단순히 무서운 존재만이 아닐세. 사악하기 짝이 없는데, 그것도 지상에서 가장 사악하다고 할 정도라네. 그래서 내가 플록을 지켜보게 된 걸세. 자네에게 모리어티 교수 이야기를 한 거 기억하겠지?"

"과학적인 두뇌를 소유했다는 유명한 악당 말인가? 범죄자들 사이에서 이름을 날리……."

"치켜세우지 말게, 왓슨!" 홈즈가 비난조로 중얼거렸다.

"아니, 난 일반인들에게는 잘 알려지지 않았다고 말하려던 참이었네."

"놀랍군. 정말 재치 있어! 뜻밖의 순간에 능청스럽게 말하는 재주가 늘었군, 왓슨. 앞으로 자네와 이야기할 때는 정신을 바짝 차려야겠어." 홈즈가 외쳤다.

DECEMBER 9 The Valley of Fear(1915)

"Porlock is important, not for himself, but for the great man with whom he is in touch. Picture to yourself the pilot fish with the shark, the jackal with the lion-anything that is insignificant in companionship with what is formidable: not only formidable, Watson, but sinister-in the highest degree sinister. That is where he comes within my purview. You have heard me speak of Professor Moriarty?"

"The famous scientific criminal, as famous among crooks as—"

"My blushes, Watson!" Holmes murmured in a deprecating voice.

"I was about to say, as he is unknown to the public."

"A touch! A distinct touch!" cried Holmes. "You are developing a certain unexpected vein of pawky humour, Watson, against which I must learn to guard myself."

12월 10일 **토르 다리의 문제**(1922)

"그렇다면 가정 교사와 그의 관계는 어떻게 된 거야? 자넨 그걸 어떻게 알아낸 거지?"

"넘겨짚은 걸세, 왓슨. 그냥 한번 찔러본 거지."

DECEMBER 10 **The Problem of Thor Bridge**(1922)

"But what were his relations with the governess, and how did you discover them?"

"Bluff, Watson, bluff!"

12월 11일 등나무 집(1908)

"해고되어 불만이 많은 하인보다 더 좋은 소식통은 없지. 다행히 그런 사람을 한 명 찾아냈네."

DECEMBER 11 The Adventure of Wisteria Lodge(1908)

"There are no better instruments than discharged servants with a grievance, and I was lucky enough to find one."

12월 12일 **실종된 스리쿼터백**(1904)

"댁의 이름은 들어 본 적 있소, 셜록 홈즈 씨. 댁의 직업도 알고 있는데, 내가 가히 좋게 보지 않는 직종이지."
"(암스트롱) 박사님, 그 점에 있어서는 이 나라의 모든 범죄자가 그렇게 생각할 겁니다."

DECEMBER 12 **The Adventure of the Missing Three-Quarter**(1904)

"I have heard your name, Mr. Sherlock Holmes, and I am aware of your profession-one of which I by no means approve."
"In that, Doctor [Armstrong], you will find yourself in agreement with every criminal in the country."

12월 13일 **등나무 집**(1908)

"아직 진상을 다 파악하지는 못했지만 큰 어려움은 없을 거라는 생각이 드네. 어쨌든 자료를 모으기 전에 왈가왈부하는 건 잘못이야. 자기도 모르게 가설에 맞추려고 정보를 왜곡할 수도 있으니까."

DECEMBER 13 **The Adventure of Wisteria Lodge**(1908)

"I have not all my facts yet, but I do not think there are any insuperable difficulties. Still, it is an error to argue in front of your data. You will find yourself insensibly twisting them round to fit your theories."

12월 14일 **마지막 인사**(1917)

"하지만 자네는 은퇴했잖아, 홈즈. 자네가 사우스다운스의 작은 농장에서 꿀벌과 책에 파묻혀 은둔자의 삶을 살아가고 있다고 들었는데."

그는 책상 위에서 책 한 권을 집어 들고《실용 양봉 편람-여왕벌의 격리에 대한 고찰》이라는 책 제목을 소리 내어 읽었다. "맞는 얘길세, 왓슨. 이 책은 혼자 쓴 거라네. 그동안 내가 누린 한가로운 삶의 결실이자 내 필생의 역작이지. 과거에 런던의 범죄 세계를 지켜본 것처럼 부지런히 일하는 작은 집단을 지켜보며 낮에 일하고 밤에 사색한 성과물일세."

DECEMBER 14 His Last Bow(1917)

"But you had retired, Holmes. We heard of you as living the life of a hermit among your bees and your books in a small farm upon the South Downs."

"Exactly, Watson. Here is a fruit of my leisured ease, the magnum opus of my latter years!" He picked up the volume from the table and read out the whole title, Practical Handbook of Bee Culture, with Some Observations upon the Segregation of the Queen. "Alone I did it. Behold the fruit of pensive nights and laborious days when I watched the little working gangs as once I watched the criminal world of London."

12월 15일 공포의 계곡(1915)

"저는 여러분들께 정당한 게임을 하겠다고 말했습니다. 지금처럼 소득도 없는 일에 여러분의 에너지를 낭비하게 하는 것은 정당하지 않다고 생각하고요. 그래서 오늘 아침 조언을 드리려 왔습니다. 제 조언을 딱한 마디로 말씀드리겠습니다. 그만두시죠."

맥도날드와 화이트 메이슨은 어리둥절해하며 그들의 유명한 동료를 바라보았다.

"가망이 없다고 생각하시는군요!" 경위가 외쳤다.

"여러분의 수사 방식으로는 가망이 없다고 생각합니다. 하지만 진실을 찾을 가망이 없다고는 생각하지 않아요."

DECEMBER 15 The Valley of Fear(1915)

"I said that I would play the game fairly by you, and I do not think it is a fair game to allow you for one unnecessary moment to waste your energies upon a profitless task. Therefore I am here to advise you this morning, and my advice to you is summed up in three words-abandon the case."

MacDonald and White Mason stared in amazement at their celebrated colleague.

"You consider it hopeless!" cried the inspector.

"I consider your case to be hopeless. I do not consider that it is hopeless to arrive at the truth."

12월 16일 **붉은 원**(1911)

"왜 그렇게까지 이번 사건에 깊이 관여하는 건가? 이 사건으로 뭘 얻으려고?"

"뭘 얻다니? 그냥 예술 자체를 위해서지, 왓슨. 자네도 환자를 볼 때 치료비 생각은 하지 않고 병 자체에 집중할 때가 있지 않나?"

"그거야 내 교육 차원에서지, 홈즈."

"교육에는 끝이 없지, 왓슨. 교육은 배움의 연속이고, 마지막에 가장 위대한 것을 배우는 법이지. 이번 사건에서는 배울 게 많아. 돈이나 명예를 얻을 수는 없더라도 꼭 해결해 보고 싶다네."

DECEMBER 16 The Adventure of the Red Circle(1911)

"Why should you go further in it? What have you to gain from it?"

"What, indeed? It is art for art's sake, Watson.

I suppose when you doctored you found yourself studying cases without thought of a fee?"

"For my education, Holmes."

"Education never ends, Watson. It is a series of lessons with the greatest for the last. This is an instructive case. There is neither money nor credit in it, and yet one would wish to tidy it up."

12월 17일 너도밤나무집(1892)

"도시에서는 법이 어쩔 수 없는 일도 여론의 힘으로 해결할 수 있어. 아무리 험한 뒷골목이라도 아이가 괴롭힘을 당해 비명을 지르거나 술 주정뱅이가 난동을 피우면 주변 사람들이 동정하기도 하고 화를 내기도 하지. 사법 기관이 아주 가까이 있어서 누가 신고만 해도 재깍 경찰이 달려오고. 범죄와 심판대 사이가 고작 한 걸음 차이라네."

DECEMBER 17 The Adventure of the Copper Beeches(1892)

"The pressure of public opinion can do in the town what the law cannot accomplish. There is no lane so vile that the scream of a tortured child, or the thud of a drunkard's blow, does not beget sympathy and indignation among the neighbours, and then the whole machinery of justice is ever so close that a word of complaint can set it going, and there is but a step between the crime and the dock."

12월 18일 주홍색 연구(1887)

"저는 사람의 두뇌가 텅 빈 다락방 같다고 생각합니다. 사람들은 자기가 선택한 가구로 이 다락방을 채워야 하죠. 멍청한 사람은 우연히 접한 것까지 마구잡이로 채워 넣습니다. 그래서 유용한 지식이 밀려나거나 다른 것과 뒤섞여 있어 막상 필요할 때 꺼내기가 어렵지요. 하지만 능숙한 장인은 자신의 두뇌이자 다락방을 채우는 데 아주 신중하답니다. 긴요하게 쓰일 도구만 고르고, 이 도구들을 순서대로 잘 정리해 두지요. 이 작은 방의 벽이 고무로 되어 있어서 얼마든지 넓힐 수 있다고 생각하는 건 큰 착각입니다. 새로운 지식을 집어넣으려면 이미 아는 지식을 버리고 공간을 마련해야 할 때도 있죠. 그러니 쓸모없는 사실이 유용한 지식을 밀어내지 않도록 각별히 신경을 써야 합니다."

DECEMBER 18 A Study in Scarlet(1887)

"I consider that a man's brain originally is like a little empty attic, and you have to stock it with such furniture as you choose. A fool takes in all the lumber of every sort that he comes across, so that the knowledge which might be useful to him gets crowded out, or at best is jumbled up with a lot of other things so that he has a difficulty in laying his hands upon it. Now the skilful workman is very careful indeed as to what he takes into his brain-attic. He will have nothing but the tools which may help him in doing his work, but of these he has a large assortment, and all in the most perfect order. It is a mistake to think that that little room has elastic walls and can distend to any extent. Depend upon it, there comes a time when for every addition of knowledge you forget something that you knew before. It is of the highest importance, therefore, not to have useless facts elbowing out the useful ones."

12월 19일 **장기 입원 환자**(1893)

"그자가 비록 형편없는 인간이기는 하지만 아직 영국 법의 보호를 받으며 살아가고 있습니다. 경위, 당신이라면 잘 알 겁니다. 영국 법은 그를 지켜 주지 못했지만 정의의 칼은 아직 녹슬지 않았다는 것을요."

DECEMBER 19 **The Resident Patient**(1893)

"However, wretch as he was, he was still living under the shield of British law, and I have no doubt, Inspector, that you will see that, though the shield may fail to guard, the sword of justice is still there to avenge."

12월 20일 **마지막 사건**(1893)

홈즈가 말했다. "왓슨, 그렇게 된다면 내가 헛산 것만은 아니라고 말할 수 있겠네. 내 수사 기록이 오늘 밤 끝난다고 해도 담담하게 과거를 돌아볼 수 있을 거야. 런던 공기는 내 덕분에 더욱 감미로워졌지. 1천 건이 넘는 사건을 다루면서 나는 내 힘을 허투루 쓴 적이 없어. 최근에는 인위적인 사회에서 발생하는 피상적인 문제보다 자연의 본성 자체를 살펴볼 수 있는 문제를 조사하고 싶다는 생각을 해 왔지. 내가 유럽의 가장 위험하고 유능한 범죄자를 체포하거나 파멸시켜 일생의 위업을 이루는 날, 자네의 회고록도 막을 내리게 될 걸세, 왓슨."

"I think that I may go so far as to say, Watson, that I have not lived wholly in vain," he remarked. "If my record were closed to-night I could still survey it with equanimity. The air of London is the sweeter for my presence. In over a thousand cases I am not aware that I have ever used my powers upon the wrong side. Of late I have been tempted to look into the problems furnished by nature rather than those more superficial ones for which our own artificial state of society is responsible. Your memoirs will draw to an end, Watson, upon the day that I crown my career by the capture or extinction of the most dangerous and capable criminal in Europe."

12월 21일 등나무 집 (1908)

나는 홈즈가 단서를 잡았다는 사실을 알 수 있는 여러 가지 미묘한 변화를 알아차렸다. 나를 제외한 다른 사람은 눈치채지 못할 변화였다. 그는 지나가는 구경꾼처럼 아무렇지 않아 보였지만 반짝이는 눈과 한층 기민해진 태도에서 억제된 흥분과 긴장의 흔적이 엿보였던 것이다. 그래서 나는 게임이 순조롭게 진행되고 있다고 확신했다.

DECEMBER 21 The Adventure of Wisteria Lodge (1908)

I could tell by numerous subtle signs, which might have been lost upon anyone but myself, that Holmes was on a hot scent. As impassive as ever to the casual observer, there were none the less a subdued eagerness and suggestion of tension in his brightened eyes and brisker manner which assured me that the game was afoot.

12월 22일 공포의 계곡(1915)

"전 홈즈 선생님과 일한 적이 있습니다. 공정하게 일하시는 분이죠."
맥도날드 경사가 말했다.

홈즈가 미소를 지으며 말했다. "제 기준으로 공정하게 일하는 거긴 하
죠. 저는 경찰을 도와 정의를 실현하기 위해 사건을 맡습니다. 제가 경
찰과 별개의 행보를 걷는다면 그건 그쪽에서 저를 배제했기 때문입니
다. 저는 경찰을 이용해 공을 세우기를 바라지 않습니다. 화이트 메이
슨 씨, 저는 제 방식대로 일할 겁니다. 수사 결과 또한 그때그때 밝히
지 않고 제가 원할 때 한 번에 공개하겠습니다."

DECEMBER 22 The Valley of Fear(1915)

"I have worked with Mr. Holmes before," said Inspector MacDonald.
"He plays the game."

"My own idea of the game, at any rate," said Holmes, with a smile. "I
go into a case to help the ends of justice and the work of the police.
If I have ever separated myself from the official force, it is because
they have first separated themselves from me. I have no wish ever to
score at their expense. At the same time, Mr. White Mason, I claim
the right to work in my own way and give my results at my own
time-complete rather than in stages."

12월 23일 브루스파팅턴호 설계도(1908)

"왜 형이 직접 해결하지 않지? 형도 나 못지않잖아."

"그럴 수도 있겠지, 셜록. 하지만 이건 세세한 정보를 수집하는 능력의 문제야. 네가 나에게 정보를 줘. 그럼 난 저 안락의자에 앉아 전문가의 탁월한 견해를 들려주지. 하지만 이리저리 뛰어다니며 철도 계원들에게 질문을 던지고 엎드려서 돋보기를 들여다보고 하는 건 내 장기가 아냐. 그러니까 이 사건을 해결할 수 있는 유일한 사람은 너야. 네가 다음 서훈 명단에 이름을 올리고 싶다면……."

내 친구는 씩 웃으며 고개를 가로저었다.

"난 그저 이 일이 좋아서 할 뿐이야." 그가 말했다.

DECEMBER 23 **The Adventure of the Bruce-Partington Plans**(1908)

"Why do you not solve it yourself, Mycroft? You can see as far as I."

"Possibly, Sherlock. But it is a question of getting details. Give me your details, and from an armchair I will return you an excellent expert opinion. But to run here and run there, to cross-question railway guards, and lie on my face with a lens to my eye-it is not my métier. No, you are the one man who can clear the matter up. If you have a fancy to see your name in the next honours list-"

My friend smiled and shook his head.

"I play the game for the game's own sake," said he.

12월 24일 **마자랭의 다이아몬드**(1921)

"내 말 좀 들어 봐, 홈즈. 이런 일을 하면 안 되네. 저 자는 지금 궁지에 몰려서 무슨 짓을 할지 몰라. 어쩌면 자네를 죽이러 왔을지도 모른다네."

"그리 놀랄 일은 아니군."

"난 자네랑 같이 있겠네."

"방해만 될 텐데?"

"그자한테?"

"아니, 왓슨. 그게 아니라, 나한테."

"어쨌든 자넬 혼자 둘 순 없네."

"아니, 자넨 할 수 있네. 그렇게 해야 하고. 자넨 게임을 중간에서 그만둔 적이 없지 않나. 이번에도 끝까지 잘해 낼 거라 믿네."

DECEMBER 24 **The Adventure of the Mazarin Stone**(1921)

"Look here, Holmes, this is simply impossible. This is a desperate man, who sticks at nothing. He may have come to murder you."

"I should not be surprised."

"I insist upon staying with you."

"You would be horribly in the way."

"In his way?"

"No, my dear fellow-in my way."

"Well, I can't possibly leave you."

"Yes, you can, Watson. And you will, for you have never failed to play the game. I am sure you will play it to the end."

12월 25일 **푸른 카벙글의 모험**(1892)

"중죄를 저지른 사람을 풀어 준 것 같기도 하지만 그 사람의 인생을 구한 것일 수도 있지. 저 남자는 다시는 잘못을 저지르지 않을 걸세. 완전히 겁을 먹었으니까. 지금 그를 감옥에 보내면 평생 전과자로 살 게 아닌가. 게다가 지금은 용서의 계절이잖나. 얄궂고 기이한 사건을 해결할 기회가 주어졌으니 그것만으로 보상이라고 할 수 있겠지. 왓슨, 미안하지만 초인종을 울려 주지 않겠나? 또 다른 조사를 시작해야 할 테니까. 마침 이번 조사 대상도 새인 것 같군."

DECEMBER 25 **The Adventure of the Blue Carbuncle**(1892)

"I suppose that I am commuting a felony, but it is just possible that I am saving a soul. This fellow will not go wrong again. He is too terribly frightened. Send him to gaol now, and you make him a gaol-bird for life. Besides, it is the season of forgiveness. Chance has put in our way a most singular and whimsical problem, and its solution is its own reward. If you will have the goodness to touch the bell, Doctor, we will begin another investigation, in which also a bird will be the chief feature."

12월 26일 **해군 조약문**(1893)

그가 덧문에 등을 기대며 말했다. "종교에서처럼 추리가 필요한 경우도 없습니다. 종교는 추리를 통해 정밀한 과학으로 구축될 수 있습니다. 내가 보기에 신이 선하다는 최고의 증거는 바로 꽃입니다. 다른 모든 것, 그러니까 우리의 능력과 욕망, 음식 같은 것도 우리가 존재하는 데 당장 필요한 것들이죠. 하지만 장미는 덤입니다. 장미의 향기와 빛깔은 삶을 가능케 하는 조건이 아니라 삶을 윤택하게 해 주는 거죠. 신이 선하기에 이런 덤을 주신 겁니다. 나는 거듭 말하곤 합니다. 꽃에서 많은 희망을 얻을 수 있다고요."

DECEMBER 26 **The Naval Treaty**(1893)

"There is nothing in which deduction is so necessary as in religion," said he, leaning with his back against the shutters. "It can be built up as an exact science by the reasoner. Our highest assurance of the goodness of Providence seems to me to rest in the flowers. All other things, our powers, our desires, our food, are all really necessary for our existence in the first instance. But this rose is an extra. Its smell and its colour are an embellishment of life, not a condition of it. It is only goodness which gives extras, and so I say again that we have much to hope from the flowers."

12월 27일 **푸른 카벙글의 모험**(1892)

크리스마스가 이틀이 지난 아침, 나는 인사도 할 겸 내 친구 셜록 홈즈를 찾아갔다. 홈즈는 보라색 실내복을 입고 소파에 편안히 앉아 있었다. 그가 손을 뻗으면 닿을 거리에 파이프 걸이가 놓여 있고, 막 다 읽은 게 틀림없는 구겨진 조간신문 뭉치가 쌓여 있었다. 소파 옆에는 나무 의자가 하나 있었고, 의자 등받이의 한쪽 모서리에 낡고 허름한 펠트 모자가 걸려 있었다. 여기저기 헌 모양새를 보니 차마 쓰고 다닐 수 없을 것 같았다. 의자 위에는 돋보기와 핀셋이 놓여 있었다. 홈즈가 모자를 등받이에 걸어 두고 자세히 살펴본 것 같았다.

"일하고 있었나 보군. 내가 방해가 된 것 같은데." 내가 말했다.

"전혀 아닐세. 막 조사를 끝낸 참이야. 결과를 같이 이야기할 상대가 있어서 기쁘군."

DECEMBER 27 **The Adventure of the Blue Carbuncle**(1892)

I had called upon my friend Sherlock Holmes upon the second morning after Christmas, with the intention of wishing him the compliments of the season. He was lounging upon the sofa in a purple dressing-gown, a pipe-rack within his reach upon the right, and a pile of crumpled morning papers, evidently newly studied, near at hand. Beside the couch was a wooden chair, and on the angle of the back hung a very seedy and disreputable hard felt hat, much the worse for wear, and cracked in several places. A lens and a forceps lying upon the seat of the chair suggested that the hat had been suspended in this manner for the purpose of examination.

"You are engaged," said I; "perhaps I interrupt you."

"Not at all. I am glad to have a friend with whom I can discuss my results."

12월 28일 춤추는 사람(1903)

"자, 왓슨. 이번에는 완전히 허를 찔렸다고 솔직히 털어놓게." 그가 말했다.

"그래, 맞네."

"그렇다면 그 사실을 종이에 쓰고 서명을 하게."

"왜지?"

"5분도 지나지 않아 어처구니없이 간단한 추리라고 말할 테니까."

DECEMBER 28 The Adventure of the Dancing Men(1903)

"Now, Watson, confess yourself utterly taken aback," said he.

"I am."

"I ought to make you sign a paper to that effect."

"Why?"

"Because in five minutes you will say that it is all so absurdly simple."

12월 29일 **주홍색 연구**(1887)

"저는 그자를 잡을 겁니다, 박사님. 제가 잡는다는 쪽에 이 대 일로 걸 수도 있어요. 이 모든 일에 대해 박사님에게 감사를 드려야겠군요. 박사님이 아니었더라면 그곳에 가지 않았을 테고, 그렇다면 지금까지 접한 사건 가운데 가장 흥미로운 사건을 연구할 기회를 놓쳤을 테니까요. 주홍색 연구 말입니다. 그렇지 않나요? 나 같은 사람이 예술적인 용어를 사용해도 괜찮겠죠? 삶이라는 무채색 실타래에 주홍빛 살인의 기운이 들어가 있습니다. 우리가 할 일은 실타래를 풀어서 이 주홍색 실을 뽑아낸 뒤 하나도 빠뜨리지 않고 낱낱이 드러내는 것입니다."

DECEMBER 29 **A Study in Scarlet**(1887)

"I shall have him, Doctor-I'll lay you two to one that I have him. I must thank you for it all. I might not have gone but for you, and so have missed the finest study I ever came across: a study in scarlet, eh? Why shouldn't we use a little art jargon. There's the scarlet thread of murder running through the colourless skein of life, and our duty is to unravel it, and isolate it, and expose every inch of it."

12월 30일 **붉은 원**(1911)

"그런데 저는 홈즈 씨가 왜 이번 사건에 손을 댔는지 도무지 이해가 안 갑니다."

"교육을 위해서입니다, 그렉슨 경위. 교육 때문이죠. 세상이라는 이 오래된 대학에서 아직도 지식을 찾아 헤매는 겁니다. 자, 왓슨, 이번 사건으로 자네의 기록에 또 하나의 비극적이고 기이한 사건을 추가하게 되었군. 그런데 아직 밤 8시도 안 됐어. 지금 코벤트 가든에서 바그너의 오페라를 상연하고 있으니 서둘러 가면 2막부터 볼 수 있을 걸세."

DECEMBER 30 **The Adventure of the Red Circle**(1911)

"But what I can't make head or tail of, Mr. Holmes, is how on earth you got yourself mixed up in the matter."

"Education, Gregson, education. Still seeking knowledge at the old university. Well, Watson, you have one more specimen of the tragic and grotesque to add to your collection. By the way, it is not eight o'clock, and a Wagner night at Covent Garden! If we hurry, we might be in time for the second act."

12월 31일 **여섯 점의 나폴레옹 상**(1904)

"식탁 위에 커피가 있네, 왓슨. 문 밖에서 마차도 기다리고 있고."

DECEMBER 31 **The Adventure of the Six Napoleons**(1904)

"There's coffee on the table, Watson, and I have a cab at the door."

색인 출처: 이 책에 발췌문을 싣기 위해 멋진 일러스트가 실린 세 권의 《주석 달린 셜록 홈즈Annotated Sherlock Holmes)》와 압축적이고 권위 있는 옥스퍼드 월드 클래식 시리즈, (모든 현대 문학 탐정의 친구인) 구글 북스와 작품들이 처음 발행된 《스트랜드Strand》지 여러 권을 참고했다.

〈프라이어리 학교 The Adventure of the Priory School〉, 3월 26일, 11월 17일, 12월 7일

〈붉은 원The Adventure of the Red Circle〉, 2월(개요), 2월 17일, 3월 15일, 3월 18일, 4월 20일, 5월 8일, 6월 10일, 12월 16일, 12월 30일

〈두 번째 얼룩The Adventure of the Second Stain〉, 3월 28일, 4월 19일, 5월 31일, 6월 18일

〈여섯 점의 나폴레옹 상The Adventure of the Six Napoleons〉, 2월 7일, 2월 28일, 6월 27일, 6월 30일, 11월 6일, 11월 11일, 12월 31일

〈자전거 타는 사람 The Adventure of the Solitary Cyclist〉, 5월 (개요), 9월 9일, 11월 12일

〈얼룩 띠의 비밀The Adventure of the Speckled Band〉, 3월 1일, 3월 7일, 4월 3일, 4월 8일, 5월 2일, 5월 18일, 5월 26일, 6월 2일, 6월 8일, 7월 16일, 7월 20일, 7월 24일, 8월 4일, 9월 7일, 9월 29일, 10월 7일, 10월 20일, 11월 (개요), 11월 29일

〈세 학생The Adventure of the Three Students〉, 2월 2일

〈등나무 집The Adventure of Wisteria Lodge〉, 3월 (개요), 3월 27일, 8월 1일, 9월 5일, 9월 15일, 9월 17일, 11월 27일, 12월 3일, 12월 11일, 12월 13일, 12월 21일

〈보스콤 계곡의 비밀The Boscombe Valley Mystery〉, 1월 25일, 2월 10일, 3월 11일, 5월 17일, 5월 24일, 6월 3일, 6월 25일, 7월 5일, 7월 12일, 8월 6일, 8월 31일, 11월 4일, 11월 15일

〈소포 상자The Cardboard Box〉, 4월 25일, 4월 28일, 8월 (개요)

〈신랑의 정체A Case of Identity〉, 1월 26일, 2월 1일, 3월 3일, 3월 10일, 5월 1일, 5월 11일, 6월 4일, 8월 17일, 10월 11일

〈꼽추 사내The Crooked Man〉, 10월 13일

〈프란시스 카팍스 여사의 실종The Disappearance of Lady Frances Carfax〉, 1월 10,일, 2월 9일, 3월 13일, 5월 14일, 7월 18일, 8월 22일, 9월 13일

《괴도 신사 아르센 뤼팽(The Extraordinary Adventures of Arsene Lupin, Gentleman-Burglar)》, (모리스 르블랑, 조지 모어헤드 번역), 2월 29일

〈마지막 사건The Final Problem〉, 4월 24일, 5월 3일, 5월 4일, 7월 29일, 9월 4일, 9월 14일, 10월 8일, 11월 20일, 11월 21일, 11월 23일, 11월 24일, 12월 20일

〈다섯 개의 오렌지 씨앗The Five Orange Pips〉, 1월 4일, 1월 12일, 2월 3일, 2월 11일, 3월 30일, 4월 2일, 7월 31일, 8월 15일, 9월 20일, 9월 28일, 10월 19일, 11월 1일

"〈수마트라의 거대한 쥐The Giant Rat of Sumatra〉" 이 책에서 4월 1일자의 출처로 참고했으며, 〈서섹스 뱀파이어의 비밀The Adventure of the Sussex Vampire〉에서 언급된 사건이다. 하지만 이 사건에 대한 이야기는 출판된 적이 없다. 유명하지만 정전에 포함되지는 않은 이 대사의 유래에는 논란의 여지가 있다.

〈글로리아 스콧호The 'Gloria Scott'〉, 9월 2일

〈그리스어 통역관The Greek Interpreter〉, 1월 11일, 3월 12일, 7월 10일, 8월 23일, 8월 25일, 8월 27일, 10월 16일

〈마지막 인사His Last Bow〉, 8월 2일, 12월 14일

《바스커빌 가문의 개The Hound of the Baskervilles》, 1월 19일, 4월 15일, 4월 21일, 4월 23일, 5월 16일, 5월 20일, 5월 28일, 6월 26일, 6월 28일, 7월 3일, 7월 23일, 7월 25일, 7월 28일, 8월 3일, 8월 14일, 8월 30일, 10월 2일, 10월 4일, 10월 31일, 11월 5일

〈입술 뒤틀린 사나이The Man with the Twisted Lip〉 1월 15일, 4월 26일, 4월 30일, 6월 11일, 6월 15일, 9월 25일, 10월 14일, 10월 25일, 10월 30일

〈머즈그레이브 전례문The Musgrave Ritual〉," 2월 25일

〈해군 조약문The Naval Treaty〉, 1월 13일, 2월 23일, 4월 5일, 9월 1일, 10월 6일, 12월 2일, 12월 26일

〈토르 다리의 문제The Problem of Thor Bridge〉, 3월 23일, 5월 29일, 10월(개요), 12월 10일

〈빨간 머리 연맹The Red-Headed League〉, 1월(개요), 1월 17일, 1월 31일, 3월 22일, 3월 31일, 7월 26일, 8월 5일, 8월 11일, 8월 20일, 9월 24일, 10월 9일, 11월 7일

〈라이기트의 수수께끼The Reigate Squires〉, 2월 24일, 3월 2일, 4월 10일, 4월 14일, 7월 2일

〈장기 입원 환자The Resident Patient〉, 1월 23일, 12월 19일

〈보헤미아 왕국의 스캔들A Scandal in Bohemia〉, 2월 15일, 3월 20일, 4월 4일, 5월 13일, 7월 1일, 7월 27일, 8월 12일, 9월 30일, 10월 12일, 10월 24일, 10월 26일, 10월 28, 11월 2일, 11월 9일, 11월 30일

《네 개의 서명The Sign of Four》, 1월 3일, 1월 20일, 2월 5일, 2월 14일, 3월 8일, 4월 16일, 5월 21일, 5월 27일, 6월(개요), 6월 20일, 7월 7일, 7월 15일, 7월 22일, 8월 10일, 8월 13일, 8월 18일, 8월 21일, 9월(개요), 9월 3일, 9월 8일, 9월 11일, 9월 16일, 9월 23일, 10월 1일, 10월 10일, 10월 17일, 10월 23일, 10월 29일, 11월 14일

〈실버 블레이즈Silver Blaze〉, 1월 18일, 2월 13일, 5월 22일, 7월 9일, 9월 27일, 10월 3일, 11월 18일, 11월 26일

〈증권 거래소 직원The Stock-Broker's Clerk〉," 4월 6일

《주홍색 연구A Study in Scarlet》, 1월 1일, 1월 6일, 1월 16일, 1월 24일, 2월 4일, 2월 27일, 3월 4일, 3월 9일, 4월 9일, 5월 25일, 5월 30일, 6월 14일, 6월 17일, 6월 21일, 6월 23일, 6월 24일, 7월 8일, 7월 11일, 7월 30일, 8월 8일, 8월 16일, 12월 18일, 12월 29일

《공포의 계곡The Valley of Fear》, 4월 13일, 4월 18일, 5월 15일, 6월 9일, 7월 4일, 7월 17일, 7월 19일, 8월 7일, 8월 19일, 9월 18일, 11월 22일, 12월 9일, 12월 15일, 12월 22일

〈노란 얼굴The Yellow Face〉, 5월 6일, 5월 12일, 7월 6일

영문과 함께하는
1일 1편 셜록 홈즈 365

초판 1쇄 발행 2020년 12월 30일
초판 2쇄 발행 2021년 1월 22일

지은이 | 아서 코난 도일
옮긴이 | 신예용
펴낸이 | 정광성
기획, 편집 | 정내현
펴낸곳 | 알파미디어
출판등록 | 제2018-000063호
주소 | 서울시 강동구 천호옛12길 46 2층 201호
전화 | 02 487 2041
팩스 | 02 488 2040
ISBN | 979-11-91122-03-9 03840
값 15,500원

이 도서의 국립중앙도서관 출판예정도서목록(CIP)은 서지정보유통지원시스템 홈페이지
(http://seoji.nl.go.kr)와 국가자료종합목록 구축시스템(http://kolis-net.nl.go.kr)에서 이용
하실 수 있습니다. (CIP제어번호 : CIP2020052008)

출판을 원하시는 분들의 아이디어와 투고를 환영합니다.
alpha_media@naver.com